www.ingramcontent.com/pod-product-compliance
Lightning Source LLC
Chambersburg PA
CBHW020803020726
47495CB00008B/2568
* 9 7 8 1 9 9 7 5 0 3 2 6 2 *

بدری

بهروز بدخشان

نشر آسمانا، تورنتو، کانادا
۱۴۰۴/۲۰۲۵

بدری

نویسنده: **بهروز بدخشان**

ناشر: آسمانا، تورنتو، کانادا

طرح روی جلد: واحد طراحی نشر آسمانا براساس عکسی از بهروز بدخشان؛

عکاس: محمد تحسیری

صفحه‌آرا: واحد طراحی نشر آسمانا

نوبت چاپ: اول، ۱۴۰۴/۲۰۲۵

شماره آی‌اس‌بی‌ان: ۹۷۸۱۹۹۷۵۰۳۲۶۲

آسمانا

بدری

بهروز بدخشان

سپاس‌گزاری

بهروز بدخشان بهار ۱۳۴۳ آمد و پیش‌از آن‌که دست‌نوشته‌هایش را به چاپ بسپارد، در بهار ۱۴۰۰، انگار که خواسته باشد در خواب خوش برود، رفت. برخلاف پیچیدگی‌های ذهن خلاقش، داستان دست‌نوشته‌های او بسیار ساده و آشناست: بسیاری از نوشته‌هایش را گم کرد یا گم شد ولی دوستانش پراکنده‌های بازمانده را پیدا کردند تا بخشی از داستان‌های او را به جریان داستان‌نویسی فارسی بسپارند.

پیش‌از هرچیز باید از خانواده‌ی بهروز بدخشان صمیمانه سپاس‌گزاری کنم که اجازه‌ی گردآوری، چاپ کاغذی و مجازی آثار به‌جامانده از بهروز را به من دادند. همین‌طور از دوستان مشترک من و بهروز سپاس‌گزارم که همت و لطفشان پشتوانه‌ی گردآوری مجموعه کارهایش شد که اگر نبودند، از آن‌همه سالْ نوشتنِ مدام و هرروزه‌ی او چیزی به‌جا نمی‌ماند؛ پس بی‌هیچ آداب و ترتیبی سپاس‌گزارم از

ایمان کیانی، مهناز موسوی و سحر هاشم‌پور که برگ برگ دست‌نوشته‌های بهروز را از هرجا که بود جمع‌آوری کردند و به من سپردند. از زهرا نصر که در هر شرایطی مخاطب دقیق و سختگیر من بود و نوشته‌های بهروز را می‌شنید و در ویرایش آن‌ها یاری‌ام می‌کرد. از حمید رفیعی که ساعت‌ها وقت گذاشت و محله‌ی وحید اصفهان را از نزدیک نشانم داد تا دیدن خانه‌ها و پس‌کوچه‌های این محله‌ی قدیمیِ اصفهان، یاری‌ام کند قطعه‌های پراکنده‌ی رمان نیمه‌تمام «صحراروغن» و داستان بلند «بدری» را به هم بند بزنم.

سپاس‌گزاری

از فهیمه فروزنده، روانشناس و مشاور چیره‌دست و دوست ارزشمندم که اگر نبود پشتیبانی بی‌وقفه‌اش، شاید اصلاً از این کابوس بی‌پایان بیدار نمی‌شدم که بتوانم دست‌نوشته‌های بهروز را بخوانم. او بارها تنها برپایه‌ی مهربانی و دوستی‌اش گوش شنوایی برای کابوس‌هایم شد تا آن‌ها را تحلیل کنم و بتوانم سرپا شوم و باز بنویسم.

هزارباره از همه‌ی دوستانم، زهرا خان‌سالار، خواهرم، و پسرم، امیر، سپاس‌گزارم که وقتی هنوز غم از دست دادن بهروز تازه بود، دلگرمم کردند و پشتیبانم شدند تا آنچه را که از او باقی‌مانده بود، به پشتوانه‌ی مهرشان بازسازی کنم.

یادداشت

وفا و عهد مَوَدَّت میان اهل ارادت
نه چون بقای شکوفه‌ست وعشقبازی بلبل
سعدی

«*مرگ در این قصه بیداد می‌کند.*» روزی که بهروز این حرف را در دهان شاپورِ نمایشنامه‌ی بیستون‌اش می‌گذاشت نمی‌دانست بیداد مرگ، او را هم از جا می‌کَنَد. باید ماه‌ها می‌گذشت تا کرونا بیاید و برنامه‌هایی را که داشت زیرورو کند. کمی بعد هم، با تعطیلی کتابخانه‌ها و پراکنده شدن دوستان، وسواس بیمار شدن دیگران به‌جانش بیفتد و نگرانی‌های دیگری که به هیچ‌کس نمی‌گفت آن‌قدر تنهایش کند تا تصمیم بگیرد «فعلاً دیگر ننویسد». کسی که نوشتن و ادبیات جدی‌ترین بخش زندگی سرخوشانه یا به قول خودش «آسمان‌جلی» او بود، دیگر ننوشت. حداقل روی کاغذ ننوشت.
یک‌بار همان تابستان گرم و پراز مرگ کرونایی با صدایی گرفته گفت که خیلی چیز دارد بنویسد. گفت اوضاع روبه‌راه بشود، قلم که روی کاغذ بگذارد کلی چیز دارد بنویسد. گفت سال ۱۴۰۰ حتماً *صحراروغن* را چاپ می‌کند. فکر کردم برای بی‌خیال کردن من می‌گوید «نگران نباش، همین امروز یه داستان کامل نوشتم.» ولی نوشته بود، از حفظ برایم خواند. می‌دانستم دوست ندارد صدایش را ضبط کنم ولی کاش این آخرین داستان شفاهی‌اش را داشتم.
با شنیدن خبر رفتن بهروز، سراغ کیف سیاهش را گرفتیم. نه خانواده و نه دوستان، هیچ‌کس ندیده بودش. همه می‌دانستیم همه‌ی این سال‌ها، دست‌نوشته‌هایش را توی آن کیف می‌گذاشت. وقت‌هایی که نگران گم شدن تکه کاغذی می‌شدیم که پاراگرافی از داستان جدیدش را روی آن

نوشته بود، خنده‌خنده کاغذ را تا می‌کرد می‌گذاشت توی جیب کاپشن و خیالمان را راحت می‌کرد که این هم می‌رود پهلوی بقیه‌ی تکه‌پاره‌های کیف سیاه تا بعد سرفرصت پاکنویس شود. اما هیچ‌کدام نمی‌دانیم پیش‌از اینکه خودش برای همیشه برود، کیف را چه کرد. آزرده‌خاطر و ناامید، به یکی گفته بود همه‌اش را می‌گذارم سرِ کوچه ببرند. شنیدیم به یکی دیگر نشان داده که پوشه‌ی پاکنویس رمان بدری را وسط کتاب‌هایش گذاشته ولی کتاب‌ها هم یک جایی گم و گور شد یا گم و گور کرد.

ایمان کیانی می‌گفت همان سال‌هایی که خیلی جوان بوده و هم‌خانه‌ی بهروز شده بود، به کیف مخصوص نوشته‌های بهروز نگاه می‌کرده و دلش می‌خواسته از روی گفته‌ها و دغدغه‌های بهروز، داستان‌هایش را تصور کند اما هرگز جرأت دست‌زدن به نوشته‌ها را نداشت. وقتی ایمان خبر بهروز را شنید، سراغ کیف و نوشته‌ها را گرفت و به‌قول خودش «حالا زمان عدول از تابوی دست نزدن به نوشته‌های بهروز بود». حالا باید تنها چیزی را که از دوستش باقی مانده بود پیدا می‌کرد.

کیف که نبود ولی برگه‌های پراکنده را پیدا کرد، با چند دفتر باجلد و بی‌جلد. کارهایی پراکنده، تمام و ناتمام. حالا سرنوشتِ نوشته‌های بهروز در دست ایمان بود که بی‌هوا دل به دریا بزنند و کاغذهای پراکنده‌ی خانه‌اش را وقتی جمع کند که او دیگر نبود. بعد با چه مشقتی همه‌شان را اسکن کرد و با اینترنت داغان ایران فرستاد برای من که سابقه‌ای طولانی در نوشتن با او داشتم و زبانش را خوب می‌شناختم. نوشته‌ها نصفه نیمه و به‌هم‌ریخته بود. گاهی چند نسخه از یک پاراگراف داشتم و گاه یک صفحه‌ی کامل گم بود. این شد که چند ماه پس‌از بهروز همه دوره افتادیم میان دوست و آشنا. هر کسی برگه‌ای از بهروز میان دفترهایش مانده بود، یا فیلم و صدایی از او داشت می‌فرستاد تا یک جا بایگانی شود و زمان بازنویسی برسد. حالا که بهروز رفته بود، همه‌ی دوستانی که در تمام عمرش بی‌دریغ آن‌ها را همراهی کرده بود در قراری

نانوشته یکی شده بودند تا شده حتی دو سه‌خط از بهروز هم که باشد دست‌به‌دست شود و به من برسد. پراکنده‌هایی که آن روزها برایم بوی تهوع‌آور مرگ می‌داد و کابوس شب‌هایم شده بود، امروز می‌بینم همه‌ی مهر و عشقی بود که بهروز میان دوستانش و جوان‌ترها پراکنده بود.
از میان همین نوشته‌ها و چرک‌نویس‌ها بود که چند فصل اول رمان «صحراروغن»، رمان کامل «بدری»، طرح‌های پراکنده‌ی چند فیلم‌نامه و نمایشنامه تایپ و آماده شد. نمایشنامه‌ی کامل «بیستون» (برداشتی آزاد از داستان خسرو و شیرین نظامی) و فیلمنامه‌ی کامل «جایی برای خواب» دو اثر آماده‌ای بود که خود بهروز پیش از رفتن مرتب کرده بود و در بی‌انگیزه‌ترین زمستان عمرش به من سپرد و با بی‌تفاوتی گفت: «خودت ویرایشش کن بده بره واسه چاپ».
سال ۱۴۰۱، در یادبود یک‌سال رفتنش، کتاب «صحراروغن» را در ۳۰۰ نسخه چاپ کردیم. مجموعه‌ای از سه‌فصل اول رمان ناتمامش و نمایشنامه کامل «بیستون» همراه با مقدمه‌ای از من. و خوشبختانه امسال، رمان کامل بدری آماده‌ی چاپ است.

آن‌هایی که بهروز را می‌شناسند خوب می‌دانند چطور رابطه‌های گسترده‌ی اجتماعی‌اش با تنهایی عمیق او به‌هم گره خورده بود طوری که حذف یکی، آن دیگری را هم از عیار می‌انداخت. دورهمیِ قهوه‌خانه و کف‌شهر تابیدن با بچه‌ها، نیروی نوشتن‌اش بود، نوشتنی که، با همه‌ی وسواس‌هایش، محصول تنهاییِ منحصربه‌فرد او بود. می‌گفت «اقل‌ّکم باید روزی سه ساعت بنویسی.» روی سینِ ساعت تشدید می‌گذاشت که بفهمی واقعاً باید سه ساعت وقت بگذاری تا نوشتن را جدی گرفته باشی. خودش زیاد می‌نوشت. صبح‌ها از خانه بیرون می‌زد. «دُو نَرمه» می‌رفت تا قهوه‌خانه صبحانه‌اش را بخورد. بعد دیگر توی کتابخانه‌ی مرکزی اصفهان یا میرداماد بود و تا ظهر می‌نوشت. گاهی هم توی پارک طبیعی

ناژوان دراز می‌کشید و فقط توی ذهن با کلمه‌هایش کلنجار می‌رفت که نتیجه‌اش گاهی همان پاراگراف‌ها و قصه‌های شفاهی‌اش بود. عصر، وقت «تابیدن» بود و گل کوچیک بازی کردن با دوستان. شعرخوانیِ کنار زاینده‌رود و قِرآمدن سر این و آن، پیاده‌روی‌های طولانی با دوستانْ به گپ زدن از همه چیز. بهروز در جمعْ پر از انرژی می‌شد. یا نه، جمع با او انرژی می‌گرفت. اگر آدم‌های محفلْ «پایه» بودند خندیدن‌های از ته دل و «قرواطوار» آمدن سر این و آن شکل عوض می‌کرد و بحثْ جدی می‌شد تا نقدهای دقیق و بی‌تعارف کند و شاید چند جمله یا بندی از نوشته‌های نویسنده‌ای را که دوست داشت و بیشتر وقت‌ها ازبر بود بخواند. بعد همان تکه‌ی کوتاه را تحلیل می‌کرد تا نشان بدهد چقدر مثلاً دوراس، همینگوی یا گلشیری، توی نوشتن این بند «قالتاق» بوده‌اند. همین کلمه شروع نقدی دقیق و جزءپرداز می‌شد. کلمه‌ها را در قالب جمله تحلیل می‌کرد و جمله‌ها را در پاراگراف و در کل اثر. کلمه و تصویر را همراه با تمام حواس پنج‌گانه درنظر می‌گرفت و بر اصالت رابطه‌ی کلمه و تصویر اصرار داشت. همین‌طورها بود که پیاده‌روی یا نوشیدن یک استکان چای با بهروز پر از حرف‌های تازه می‌شد.

داستان‌هایش را ولی برای همه نمی‌خواند. آن‌قدر این نخواندن و ظاهر آسمان‌جلی‌اش غلط‌انداز بود که بعضی‌ها فکر می‌کردند چیزی نمی‌نویسد. بااین‌همه، بهروز برایش مهم نبود دیگران درباره‌ی نوشتن‌اش چه فکر می‌کنند. نویسندگی آن‌قدر برایش جدی بود که بسیاری از روابط گروه‌های ادبی و حرف‌های این و آن برایش بازی باشد. در جمع‌های خصوصی گاهی اگر خوش داشت و آدم‌های دوروبرش همان‌هایی بودند که می‌خواست، داستان‌های کوتاهش را می‌خواند. با من و زهرا نصر جور دیگری بود. سال‌ها با هم جلسه‌های هفتگی داشتیم. هرچه می‌نوشتیم برای هم می‌خواندیم و گاه با هم چند پاراگرافی می‌نوشتیم. «بدری» و «صحراروغن» را فصل به فصل برای من و زهرا

می‌خواند. صحنه‌به‌صحنه از فیلمنامه‌ی «جایی برای خواب» را برایم تعریف می‌کرد، نظرم را می‌پرسید و بعد که تایپ شد برایم فرستاد. بار آخری که اصفهان بودم و دیدمش، همان‌طور که توی میدان نقش جهان قدم می‌زدیم چند صفحه‌ی اول رمان مشترکی که طرح‌اش را با هم ریخته بودیم برایم خواند. چند جمله‌ای هم من اضافه کردم و درباره‌ی نوشتن‌اش گپ زدیم. بعد، گاهی که تماس می‌گرفت شاخ و برگش می‌دادیم و جداگانه می‌نوشتیم تا اینکه کرونا شروع شد و بهروز دیگر تصمیم گرفت ننویسد.

همین تجربه‌ها و رابطه‌ی نزدیک ذهنی ما بود که شجاعت دست به‌کار شدن را به من داد و پیوند زدن دست‌نوشته‌هایش را شروع کردم تا تمام این سال‌های بدون او را، از نگاه او و درگیر با وسواس‌های او، با تکه‌پاره‌های داستان «بدری» کلنجار بروم. مرگ بهروز برای من دردناک بود و کش‌دار، پر از مکالمه‌های ذهنی من با او در دنیای واژه‌هایی که از قلم او بر کاغذ من شکل می‌گرفت. یک روز باید داستان این بده‌بستان و حضور و غیاب را بنویسم.

وسواس بهروز در نوشتن و خوب نوشتن باعث می‌شد چاپ را به‌تعویق بیندازد ولی همین وسواسِ انتخاب فعل‌ها، به‌هم وصل کردن کلمات و قصه‌گوییْ که لذتِ نوشتن‌اش بود، حالا راهنمای من در مسیر ویرایش داستانش شده بود. کنار پاراگراف‌ها تعداد کلمات را نوشته بود. در همان بلبشوی دفترهای بی‌جلد، بالای صفحه راهنمایی‌هایی نوشته بود مثل «۱۰۰ کلمه دیگر می‌خواد» یا «وصل بشه به دفتر آبی - صحنه‌ی علی‌آقا». این‌ها زمزمه‌هایی بود که در گوشم می‌گفت کجا بروم و چه بنویسم. در تمام مدت گردآوری این نوشته‌ها، شده بودم ذهن او که وقتی تنها قدم می‌زد، کلمه‌ها را پس‌وپیش می‌کرد یا در کرختیِ پیش‌از خواب با جمله‌هایش کلنجار می‌رفت. پاک‌نویس کردن داستان «بدری» برای من از کابوس‌های شبانه شروع شد و بعد کم‌کم، وقتی به‌لطف

فهیمه فروزنده، کابوس‌ها را یک به یک تحلیل می‌کردیم، تبدیل شد به مزه‌ی روزهای تنهایی‌ام در غربت، ترکیبی از رنج دوری و لذت کشف. حالا می‌بینم مواجهه با مرگ بهروز، اگر نوشته‌هایش برایم نمی‌ماند، کابوس‌وارتر از این می‌شد که بود. شاید برای همین بهروز می‌گفت: «ما اگه ننویسیم دیوونه می‌شیم.» اما بهروز با ننوشتن دیوانه نشد. فقط تصمیم گرفت و رفت.

مهر خان‌سالار – اردیبهشت ۱۴۰۴

بدری

بدری

چیزهایی‌ست که ما را از کسالت زندگی روزمره دور می‌کند. کارهایی که بی‌حوصلگی را پس می‌زند تا آشوبی در وجودمان بیندازد و به زندگی‌مان هیجان بدهد. مثلاً وقتی نشسته‌ایم پای قمار، یک تک توی دست داریم و منتظریم بانک‌گذار ورق بعدی را بدهد. خب این البته خیلی هیجان ندارد، اما اگر همه‌ی دارایی‌مان را بگذاریم وسط، همه‌ی آن دارایی‌هایی که در طول سال‌ها به‌دست آورده‌ایم تا به خرپولی تازه به دوران رسیده بگوییم «بانک»، موضوع فرق می‌کند. دیگر نه فقط ما، بلکه آن‌هایی که نشسته‌اند تا نوبت بازی‌شان برسد هم به دستی خیره می‌شوند که باید ورق‌ها را از زمین بردارد، به پنج انگشتی که چهارتایش یک طرف ورق‌ها را گرفته و شست طرف دیگر را. بعد به دستی دیگر نگاه می‌کنند. دستی که باید سیگار را از لب بردارد بگذارد توی جاسیگاری و برود برای کشیدن ورق. اما صاحب آن دست هم فراموش می‌کند اول خاکستر را بتکاند. سیگار را ول می‌کند توی جاسیگاری و انگشت میانی می‌رود زیر آخرین ورق. پنج انگشتی که ورق‌ها را گرفته‌اند می‌چرخند تا دیده شود که ورقی عقب‌تر نیست و انگشتْ زیر برگه‌ی آخر است تا همه مطمئن شوند لایی‌کشیدن شدنی نیست.

کارت کشیده می‌شود و حالا ماییم که باید دستمان را ببریم زیر ورق. باید نه عجولانه پیش ببریم تا اضطرابمان معلوم شود و نه آن‌قدر دیر که خونسردی‌مان مصنوعی باشد.

از لحظه‌ای که می‌گوییم «بانک» تا موقعی که ورق توی دستمان می‌آید، و از زمانی که ورق توی دست آمده تا لحظه‌ای که آن را می‌بینیم، سکوت است. این سکوت فرق می‌کند با آن سکوتی که در کسالت و

بی‌حوصلگی‌ست. این سکوت از آشوب درون ما می‌آید و این یعنی جدایی از آن روزمرگی. ولی من نمی‌دانم کاری که کردم به‌خاطر فرار از یک زندگی یکنواخت بود یا هوس برای یک بازی. شاید هم تأثیری بود که از آن غروب گرفتم.

غروب، چیزی که به دلگیر بودن معروف است اما باید جایی توی کویر باشی و زمینی را ببینی مسی، تا جایی که چشم می‌بیند مسی، که بفهمی غمگینی آدمی که در غروب به تکه ابر گوشه‌ی آسمان نگاه می‌کند چقدر ذلیلانه است. این آدم‌ها چیزی از غروب نمی‌دانند؛ آدم‌هایی که عمرشان گرفتار یک عادت بوده‌اند، عادت در کنار کسی بودن، و حالا که آن یکی نیست مدام نگاهشان به جایی خیره می‌ماند.

ولی من هیچ غروبی توی کویر به زمین مسی نگاه نکرده‌ام. راستش این را در یک نقاشی دیدم. در خانه‌ی زنی به نام بدری که تازه به تور زده بودم تا تلکه‌اش کنم. توی تخت بودیم و من سرم را گذاشته بودم روی بازوی او و برایش از عشق می‌گفتم که دیدمش، به دیوار اتاق خواب. زمینی بود برهوت و مسی. همان‌طور که کلمات را ردیف می‌کردم، ترک‌های زمین را می‌دیدم. ترک‌هایی که لبه‌ای تاریک داشت و سایه‌ی تیره‌ایْ حاشیه‌ی کناره‌ها را خطی قهوه‌ای می‌انداخت. پرسیدم: «کجا خریدیش؟» و به نقاشی اشاره کردم.

گفت: «کار اون خدا بیامرزه.»

خدا بیامرز را زیاد می‌شنویم. هرجا توی جمعی باشیم و حرف از آدم مرده‌ای پیش بیاید می‌شنویم و باز به حرفمان ادامه می‌دهیم، هرچه باشد و برای هر منظوری گفته باشیم. من که هیچ‌وقت این کلمه جلوی ادامه‌ی حرفم را نگرفته. به‌خصوص وقت‌هایی که مستم، مدام مخ می‌زنم و می‌گویم «مستی و راستی.»

راستش وقتی بدری گفت شوهر خدابیامرزم، می‌دانستم باید خودم را غمگین نشان بدهم، حتی حالتش را هم به چهره‌ام گرفتم ولی باز که به

زمین برهوت نگاه کردم، از این کلمه چندشم شد. این‌طور کلمه‌ها مرگ را حقیر می‌کنند. باید زمین برهوت را دیده باشی که بفهمی مرگْ زمین تف‌داده شده از آفتابِ روزی داغ است که در غروب، آخرین رمق خورشید را می‌بلعد تا همچنان در سرتاسر کویر پهن باشد. لحن بدری موقع گفتن خدابیامرز به‌قدری معمولی بود که هیچ عظمتی در مرگ شوهرش ندیدم. حتی غمی لحظه‌ای برای لوس کردن خودش پیش مردی که این‌طور با حرارت از عشق حرف می‌زد. فکر کردم یعنی این زن هیچ چیزی در این نقاشی ندیده تا کمی لحن معمولی، پیش‌پاافتاده و بی‌اعتنایش فرق کند. نشده حتی برای تغییر دکوراسیون هم که هست یک‌بار نگاهش روی آن بماند تا بفهمد جایش مناسب است یا نه. یا اصلاً بکَند بیندازد دور یا ته صندوق بگذارد خاک بخورد، ولی نه دیگر این‌قدر بی‌اعتنا. شاید هم اصلاً چیزی را که شوهرش با این ریزبینی کشیده بود نمی‌فهمید. دربه‌در شوهرش با چه عنتری سال‌ها زندگی کرده.

ولی انصافاً بدری باز بهتر از این آدم‌هایی بود که غروب‌ها کنار رودخانه می‌نشینند و برای مرغابی‌ها نان خرد می‌کنند و توی آب می‌اندازند. لااقل فهمیده بود باقی عمر را پولی خرج کند و با جوانی بزند به عیش. اما آیا این‌قدر خر بود که نداند تمام این حرف‌های عاشقانه‌ام یک مشت چرندیات است. هیچ‌وقت نفهمیدم این عجوزه‌هایی که به تور می‌زنم می‌دانند چرت می‌گویم یا نه. یعنی واقعاً نمی‌فهمند یا چون دوست دارند بشنوند به رو نمی‌آورند. ولی آیا من هم عادت نکرده بودم دروغ‌هایی بگویم که آن‌ها دوست دارند بشنوند و حتی اگر بدانند دروغ است باز چنان نیاز به شنیدنش دارند که با راست بودنش عشق می‌کنند. و یا همین اشتیاق به شنیدنشان نبود که به گفتن حرف‌هایی وادارم می‌کرد که حالا دیگر هر محصلی به دوست دخترش می‌گوید.

نمی‌دانم دیدن زمین برهوت مسی در سرخی افق غروب بود یا فرار از گفتن دروغ‌های حوصله‌سربری که دیگر هیچ تلاشی برای راست جلوه

دادنشان نمی‌کردم، یا هوسِ بازی، هرچه بود به این فکر افتادم که این بار دروغ دیگری بگویم. از جنسی دیگر. چیزی که شنونده‌اش این‌قدر نیاز به شنیدن نداشته باشد. دروغی که راست‌نمایی‌اش زحمت بخواهد. تلاش رسیدن به هدفی باشد برای آدمی مثل من که دیگر هیچ هدفی توی زندگی برایش ارزش نداشت. من که با پول زن‌های پا به سن گذاشته حال می‌کردم و با رفقا ولگردی، حالا دنبال سرگرمی دیگری بودم؛ دروغی که بتواند این زنی را که فقط عادت به شنیدن حرف‌های عاشقانه دارد از پیله‌ی روزمره‌ی زندگی‌اش بیرون بکشد.

می‌دانستم این دروغ چیزی نیست که بشود در یک لحظه ساخت و بلافاصله گفت. باید روی آن فکر می‌کردم و همین شد کلنجار ذهنی بعضی از شب‌هایی که بی‌خواب می‌شدم. بارها به لحن گفتنم فکر کردم. بی‌اعتنا شروع کنم یا هیجان‌زده. غمگین باشم یا خوشحال. از کجا شروع کنم و چه جور پیش بروم. گاهی تا نزدیکی‌های سحر فکر می‌کردم و چیزی نمی‌جستم ولی یک شب خوابی دیدم و بعد فکر کردم باید از همین خواب شروع کنم. با یکی از رفیق‌هایم توی کوچه‌ای دراز راه می‌رفتیم وحرف می‌زدیم. وقت‌هایی که من حرف می‌زدم رفیقم را می‌دیدم کنارم راه می‌آید اما وقت‌هایی که باید رفیقم حرف می‌زد، به‌جای او شوهر بدری کنارم راه می‌آمد و حرف می‌زد. من هم اصلاً تعجب نمی‌کردم. انگار باید همین‌طور باشد. همین را شروع دروغی کردم که باید به او می‌گفتم. روی کاناپه‌ی توی هال نشسته بودیم که به عکس شوهرش گوشه‌ی دکور اشاره کردم و خیلی معمولی انگار با دیدن عکسی یاد چیز بی‌اهمیتی افتاده باشم گفتم: «اومده بود به خوابم.»

نشنید یا لکه‌ی کم‌رنگ روی دسته‌ی چرمی کاناپه حوصله‌ی جواب دادنش را گرفته بود، چیزی نگفت. همان‌طور سرانگشت شست را با زبان خیس کرد و به لکه مالید. ولی من دیگر گفته بودم و این کار شروعی بود برای دروغم. شروعی که از بین بقیه‌ی چیزهایی که می‌توانستم

انتخاب کنم به‌کار گرفته بودم و حالا باید با همین جلو می‌رفتم. آرام و باحوصله. در طول روزها و شب‌ها.

توی کاناپه جابه‌جا شدم و با همان لحن معمولی، خوابی را که دیده بودم بی‌هیچ کم‌وکاستی برایش تعریف کردم. در تمام مدتی که حرف می‌زدم انگشتم روی مهره‌های پشت گردنش می‌لغزید. دروغ در خوابی نبود که تعریف می‌کردم، در انگشت اشاره‌ام بود که هربار از شوهرش می‌گفتم ضربه‌ای آرام به یکی از مهره‌ها می‌زد و تأثیری که می‌خواستم این ضربه‌ی انگشت ته ذهنش باقی بگذارد. حرفم که تمام شد، انگشتم را از پشت گردنش دور کردم و این شد اولین قدمی که برداشتم. حالا باید می‌رفتم تا حضورم تأثیر خوابی را که گفته بودم از بین نبرد. هرچند اصلاً مطمئن نبودم تأثیری داشته یا نه ولی بهانه‌ای آوردم و بیرون زدم. روز را با بچه‌ها ول گشتیم. تا آخر شب به عرق‌خوری، ولگردی توی شهر و ولو شدن روی تخت قهوه‌خانه‌ها به وراجی کردن. شبْ مستی پریده بود و کرختیِ بعداز آن پهن‌ام کرد روی تخت تا در تاریکیِ اتاق، بازی انگشتم روی مهره‌های پشت گردن بدری موضوعی باشد برای کلنجار. می‌شد شوهرش هم همین‌کار را کرده باشد. روی تخت، زیر نور چراغ خواب، انگشت‌ها را سرانده روی مهره‌ها و زمین مسی را تصور کرده. انگشتی می‌سریده از پشت گردن تا پایین کمر و او از سایه‌ی انگشتش روی شانه و گرده و کمر بدری فاصله‌ی بین هر ترک را با ترک بعدی تصور می‌کرده و ریزه‌موهای پشت گردن را قهوه‌ای می‌دیده. حالا هیچ خاطره‌ای از آن انگشت‌ها در ذهن بدری نیست. این تنها خصوصیت اوست که می‌پسندم، زندگی نکردن با خاطره‌هایی که ما را به آدمی که دیگر نیست میخ می‌کنند.

ولی آیا یادی از لغزش انگشت من هم پشت گردنش نداشت؟ من که هنوز بودم و می‌توانستم با همان ظرافت صبح، انگشتم را روی مهره‌ها بسرانم. یادآوری تماس انگشت و گردنش می‌توانست هوس شنیدن

جمله‌های عاشقانه را بیدار کند اما این چیزی نبود که من می‌خواستم. راستش انتظارم این بود که بین ضربه‌های آرامی که انگشتم به مهره‌ها می‌زد و چهره‌ی شوهرش، رابطه‌ای هرچند نامفهوم و گیج برقرار کند. این انتظار زیادی بود اما وظیفه‌اش را گذاشته بودم به عهده‌ی ذهن بدری. ذهنی که من باید پخته‌اش می‌کردم تا دروغ در آن شکل بگیرد و جا خوش کند. هرچند هنوز نمی‌دانستم چه دروغی اما شروعش را با خوابی مبهم پایه‌گذاری کرده بودم. پس مکان گفتن دروغ هم باید جایی می‌شد که ناشناختگی فضای خواب را تداعی کند. جایی که می‌شد صلابت مرگ را به همراه مرده‌ای که با ما قدم می‌زند حس کرد و این مکان مسلماً پارک، کافی‌شاپ، پاساژ، پیاده‌روهای شلوغ و هال آپارتمان بدری نبود. اتاق‌خواب هم نبود. حتی بی‌نور چراغ خواب، بی نوازش انگشتی روی بازو و در تاریکی محض. نه، اتاق‌خواب هرچه هم تاریک، باز مکانی‌ست امن، جایی برای آرامش. جایی که اگر بعداز خوابی وحشتناک هم بیدار شویم، باز آشنایی‌مان با آن محیط کوچک، اُنس‌مان با آن تخت و تشک، بوی تن و بدن خودمان آراممان می‌کند. هرچند لحظه‌ای طول می‌کشد اما آرامش می‌آید، همراه با کشیده شدن صورتمان روی بالشِ همیشگی، موقعی که روی دنده‌ی دیگر می‌غلتیم تا از التهاب خوابی که دیده‌ایم کم شود.

مکانی که دروغ باید در آن پرورش می‌یافت باید جدای از هرجای مأنوسی می‌بود که ذهن را به سرهم کردن وقایع عادت‌شده وادار کند و همین شد که شروع کردم به بُردن او به کوه. غروب جمعه‌ها. کوهی که انتخاب می‌کردم جایی نبود که مردم برای تفریح عصر جمعه هجوم می‌آوردند. بیشتر روی کوه‌های پرت اطراف شهر پرسه می‌زدیم. جایی که غارهایی داشت، هرچند کوچک، اما جداکننده‌ی آدم از آن زندگی شناخته‌شده. غروب‌های جمعه، دیگر توی آپارتمان روی مبل به خواننده‌های ماهواره نگاه نمی‌کردیم تا مدام هیکلش را با آن‌ها مقایسه

کند، از شوخی مجری‌ها لیسه برود و هفته‌ی بعد تی‌شرتی را که تن خواننده‌ای دیده بود برایم هدیه بگیرد. حالا بین تخته‌سنگ‌هایی راه می‌رفتیم که از سایه‌هایمان شکل‌های غریبی می‌ساخت. گردنی که به نوک تخته سنگی برجسته می‌شد به سری وصل بود که گودی سوراخ سنگِ بالایی را حفره‌ای می‌کرد چسبیده به تیغه‌ی دماغی که روی یک بوته‌ی خار کش می‌آمد.

بدری بود که اول به سایه‌هایمان اشاره کرد و با همان لحن ذوق‌زده‌ای که لباس خواننده‌ای به هیجانش می‌آورد گفت: «چه جالب» و انگشتش را به‌طرف شکلی دراز کرد که از درهم شدن سایه‌هایمان روی چند سنگ درست شده بود. هر سنگ جایی از تن‌مان را می‌ساخت و اتصال سایه‌ی دو عضو از بدنمان در فاصله‌ی بین سنگ‌ها عضو جدید و ناشناخته‌ای می‌شد که هیچ توصیفی از شکل و شمایل انسانی نمی‌گرفت. همین به حدسمان وامی‌داشت تا بفهمیم سایه‌ی کدام عضو از بدن من با سایه‌ی کدام عضوی از او درهم شده. با طول کشیدنِ بازیِ حدس‌زدن‌مان، لحن‌اش از آن هیجانِ دیدن لباس جدید تغییر کرد و همین وسوسه‌ام کرد تا بگویم: «می‌گن توی سایه‌ها یه رازی هست.»

گفت: «مثلاً چه رازی‌ئه»

گفتم: «بریم بالا.» و راه افتادیم.

خیلی آرام بالا می‌آمد و مدام می‌ایستاد به نفس تازه کردن و هربار با گفتن جمله‌هایی مثل «سگِ کیه دختر چارده ساله؟» شاخش می‌کردم. این جمله‌ها توی غار که می‌رفتیم فرق می‌کرد. آن‌جا از اقتداری می‌گفتم که نوک تیز دماغش به او می‌داد. اقتداری که در نقشی هم که به دیوار غار می‌افتاد بود. از صلابتی می‌گفتم که در خطوط صورتش معلوم بود و می‌شد مدت‌ها به این خطوط نگاه کرد و عظمت آن را ستود. از خطی که لاله‌ی گوشش را از کناره‌ی صورت جدا می‌کرد و از سایه‌ی گوش بر خطی که فک را از گردن جدا می‌کند و این سایه، هرچند کم‌رنگ، اما

سمج حضور دارد تا حاشیه‌ای باشد برای نشان دادن جزئی‌ترین چیزهایی که می‌تواند در آدمی باصلابت دید.
می‌خواستم با این حرف‌ها شناختش را از خودش به‌هم بزنم تا آماده شود برای تبدیل شدن به آدمی که من لازم داشتم. تا بتواند آن دنیای ناشناخته‌ای را که دروغ باید در آن شکل می‌گرفت هضم کند. پس باید کسی می‌شد که از تعریف‌های مسخره‌ی معمول نه فقط دور، که چندشش شود. تعریف‌هایی مثل «چه این لباس بهت میاد»، «این رنگ مو جوونت کرده». حالا داشتم با تغییری که در نوع جمله‌های ستایشگرانه به کار می‌بردم، او را به پذیرش زنی پنجاه‌ساله وادار می‌کردم که بی‌آرایش هم می‌تواند چنان گیرایی داشته باشد که با دیدنش مسحور شوند. اما این جمله‌ها چندبار دیگر و به چند شکل مختلف باید گفته می‌شد تا تأثیر خودش را بگذارد. آن هم برای زنی مثل او که اصلاً تنها نمی‌شد تا امیدی داشته باشم گاهی در تنهایی با یادآوری آن‌ها تحت تأثیر قرار بگیرد. نه، تنهایی چیزی نبود که با او عجین باشد.
از همان بالای کوه که شروع به پایین آمدن می‌کردیم می‌پرسید «برنامه‌ت چی‌یه؟» من که کارهای خودم را داشتم و باید می‌رفتم. او هم موبایلش توی دست آماده بود برای زنگ زدن به دوستان.
مثل خودم بود. دوستانش از قشر خاصی نبودند. بیکار که باشی و اهل رفت‌وآمد، همه‌ی رفقای قدیمی را می‌بینی. از بچه‌های محل تا هم‌شاگردی‌ها. هرکاره‌ای که شده باشند و با هر اخلاق و رفتاری. با رفیق‌هایشان رفیق می‌شوی و با این جدیدها، اگر به اندازه‌ی خودت بیکار باشند، بیشتر از قدیمی‌ها قاطی می‌شوی. بدری هم که اهل رفیق بود با کلی اسم و شماره‌ی توی موبایل. از دوستان نقاشی که با آن خدابیامرز دم‌خور بودند و هنوز باهاشان رفت‌وآمد داشت تا دختر همسایه‌هایی که از بچگی جینگ هم بودند. یکی دوتایشان را که گرفتار شوهر و بچه بودند فقط می‌شد چند ماه یک‌بار دید. یکی هم توی روزنامه

می‌نوشت و با این یکی خیلی‌ها را شناخته بود. از شاعر و بازیگر تئاتر، تا پولدارهایی که عشقشان مهمانی دادن به این آدم‌ها بود. توی این مهمانی‌ها هم حتماً همه هنرمند نبودند و می‌شد آدمی را دید که فروشنده‌ی لباس باشد و با یکی از دوستان به آن‌جا آمده. با این یکی هم که رفت‌وراه جور شد، کل آدم‌های پاساژ و بعد آشنایی با آشناهایشان و برو جلو تا برسی به دنیای خرتوخر و قروقاطی آدم‌های جورواجوری که یکی‌شان هم من بودم. دوستی‌مان را هم‌شاگردی دوران دبیرستانم که عشق تئاتر بود جوش داده بود. رفته بودیم جلسه‌ی شعر. خب، دیدن زنی پول‌دار و جیب خراب، باید عاشق می‌شدم که شدم.
اما بدری توی این دنیای خرتوخر هم نظم خودش را داشت و همیشه حواسش بود. کاری که من هیچ‌وقت نمی‌کنم. با رفیق قماربازم به دیدن تئاتر رفیق بازیگرم می‌روم تا بعد هرسه به نمایشگاه نقاشی دوست دختر رفیق شاعرم برویم و بعد همه بتپیم توی قهوه‌خانه‌ای که رفیق دزدم منتظر نشسته تا برویم خانه‌ی راننده کامیونی که از سرشب بساط عرقش را جور کرده و منتظر ماست. می‌نشینیم به عرق؛ و استکان که در رفت‌وراه بین دست‌ها می‌چرخد، از سگ‌هایی که حالا توی ایست بازرسی گذاشته‌اند می‌گوییم تا اهمیت اکسسوار در تئاتر. دهنه‌ی چارلیتری روی لبه‌ی استکان خم می‌شود و ما از پرسپکتیو می‌گوییم و قام که چطور باید سوراخ شود تا سُرب توی‌اش ریخت. استکان از زمین بلند می‌شود و چارلیتری به زمین می‌آید. سیگاری روشن می‌شود، ناخن در دهان پسته فرو می‌رود. «جیمز یادگیری رُ مقدم بر آرکی‌تایپ‌ها می‌دونه.» دو انگشت اشاره و میانه روی هم می‌غلتد تا نشان بدهد چطور باید توی ورق لایی کشید. زانویی به زمین می‌آید. بازویی کشیده می‌شود طرف منقل. «حتماً هم نمیشه گفت این کار با فلوبر شروع شده.» سیخ‌های جوجه چرخ می‌خورد. «چند سال به محمود دادن؟» سفره پهن می‌شود. سیخ پشت سیخ کشیده می‌شود لای نان. «جاسازی توی کله‌گاوی دیگه

لو رفته.» نان پاره می‌شود. «این شکل از روایت با همینگوی عجینه.» عرق و جوجه دست به دست و حرف پشت حرف تا بالاخره بزنیم بیرون و پخش شویم سمت خانه‌هایمان. ولی راه رفتن توی خیابان با رفقا به سمت خانه به معنی رسیدن به خانه نیست. گاهی به بهانه‌ی خانه رفتن با یکی دوتایی که جورتریم از جمع جدا می‌شویم تا آخر شبی پرسه‌ای بزنیم. پرسه زدنِ نیمه‌شب در حاشیه‌ی خیابان موقع گذاشتن پایی برای برداشتن پای دیگر از روی راه آسفالتیِ درازی که سر هر چهارراه می‌پیچد به سمتی بی‌هدف، پیش‌از اینکه حرفی باشد برای فهمیدن، انعکاس قهقهه‌ای‌ست که حین گفتنِ خاطره‌ای خنده‌دار می‌پیچد. پایین آمدنِ تُن صدایی‌ست که از لرزش انگشتی روی چادری سیاه می‌گوید.
بدری چی؟ شبی را داشته با کسی در حاشیه‌ی خیابان پرسه بزند و بگویند، از هرچه پیش بیاید؟ یک مرتبه برایم جالب شد بدانم. در شبی، برای کسی، از لحظه‌ای گفته که ترسی وادارش کرده در چادری بپیچد، پا روی خط دراز سایه‌ی تیر برق بگذارد و از لرزیدن ملافه‌ای روی بند بگوید؟ حرف زدن توی شب فقط شنیدن صدا نیست، درهم شدن صدا با تصویری‌ست که در ذهنمان مجسم می‌شود. سریدن پارچه‌ای‌ست روی بند در فاصله‌ی بین دو تخته کفش که به آسفالت می‌خورد. شده که بدری بگوید یا بشنود؟ نه در شلوغی پیاده‌رو با قدم‌هایی تند برای رسیدن به جایی مشخص؛ در شبی سر فرصت، که هرچه را می‌شنود ببیند، یا نه، با لحن صدا تصویری بیاید و نه حتماً درباره‌ی چیزی که می‌شنود. این چیزها را از بدری نمی‌دانستم و باید می‌فهمیدم. با دانستن همین‌ها بود که می‌شد دروغی ساخت که کُنده‌اش را کشید. پس پرسه‌زنی شبانه را هم به کوه‌گردی غروب جمعه‌ها اضافه کردم.
پیشنهاد دادم و پذیرفت. به همین راحتی. نه مدام و هرشب، تک‌وتوک شبی هم با او بودم.

شبی که به حرف آمد، آسفالت بود و تیر چراغ برق و شاخه‌ی درخت‌هایی که نور را از لابه‌لای خود می‌گذراندند تا سایه‌هایی سیاه بسازند، نه آن‌طور که در نور چراغ ماشین‌های عبوری کم‌رنگ شوند. در خیابانی بودیم که به خیابان‌های فرعی می‌خورد و فاصله‌ی درخت‌هایش زیاد می‌شد و عبور ماشین‌ها کم. گفت. از شوهر رضوان که بتول را تحویل نمی‌گیرد و گفتم از «ابرام راهی» که بهتر از هر ورق‌بازی لایی می‌کشید؛ که باز گفت از «بیچاره فخری» که سرطان پستان دارد و گفتم از ابی که چقدر باحال ادای مادربزرگش را درمی‌آورَد و خم شدم با کون طاقچه‌شده به راه رفتن که قهقهه‌ی خنده پیچید. این‌بار از محمود گفت که چقدر شوخ است و از بین دوستان شوهرش چقدر صمیمی‌تر است و دوست‌داشتنی. من از پای ابی گفتم که همان‌طور خم، روی سر پنجه بالا می‌آید تا پیرزنی باشد با ملافه‌ای مچاله توی دست که آمده برای پرت کردن روی بند و نمی‌شود. دوباره با همان زانوهای خم روی سرپنجه خودش را بالا می‌کشد و این بار قدری می‌پرد تا بالاخره ملافه‌ی گوریده روی بند بیفتد. و او از انگشت‌های محمود گفت که قلم‌مو به دست ادای طاهری را درمی‌آورَد و انگشت میانه، اشاره و شست را به هم چسباند آورد جلوی صورتم تا بگوید چطور محمود قلم‌مو گرفتن طاهری را نشان می‌دهد، وقتی دارد خط سینه‌ی زنی را روی بوم هاشور می‌زند و کف دست را با ناخن انگشت کوچک همان دست می‌خاراند. و باز من

از شاخه‌های درختی گفتم که نمی‌گذارد ملافه‌ی خیس صاف شود و دو دست پیرزن که مدام پشت شاخه‌ها ناپدید می‌شوند تا باز جایی دیگر دیده شوند که تاخوردگی ملافه را باز می‌کنند. با همان کون طاقچه مثل ابی، زانوهای خم روی دو سرپنجه و دست‌هایی بالا آمده و باز برای پهن کردن ملافه. می‌گفتیم و می‌رفتیم و این گفتن و رفتن در شب‌های دیگر هم بود و حرف‌ها مدام از جایی به جای دیگر کشیده می‌شد. از چسب زخمی که سوم ابتدایی روی صورتم پشت هم جایش عوض می‌شد و خندیدنمان به خریت پسر دبستانی که صبح به صبح چقدر بادقت چسب را جلوی آینه روی صورتش می‌چسباند تا خانم معلم‌اش ببیند. بی‌اینکه حدس بزند شاید خانم معلم شک کند، و او از قورباغه‌ای که روی میز تشریح آزمایشگاه دبیرستان جر می‌داده با لبخندی به لب خداخدا می‌کرده کاش همکلاسی‌ها متوجه ترسش نشوند.

مسخره است با زنی هفته‌ای یک‌بار روی تخت غلتی می‌زنی بعد می‌بینی جمعه‌ها باهاش به کوه می‌روی و شب‌ها به پرسه‌زنی توی خیابان. یک‌باره می‌فهمی همه‌ی آن لحظه‌های جالبی که از زندگی‌تان توی ذهن مانده جلویتان بالا و پایین می‌پرد. گفتن همین کس‌شعرهاست که آدم‌ها را به هم نزدیک می‌کند. نزدیکی، حس اعتماد می‌آورد و اعتماد، آمادگی پذیرش هر حرفی. همین شد که چیزی را که فکر می‌کردم حتماً باید در مکانی خاص بگویم، در عصری داغ، توی یک بستنی‌خوریِ پر از آدم‌های جوراجور پیش کشیدم.

نشسته بودیم روی صندلی‌های کوچک و خودمان را جمع کرده بودیم برای جا دادن کونی که جا نداشت روی کفی صندلی پیش برود. لبه‌ی تیز کفی توی گوشت فرو می‌رفت. خم بودیم روی میزِ باریک بین‌مان به زدن قاشق یک‌بار مصرف توی بستنی چندقلوی جلوی‌مان. توی بستنی‌خوری‌ای که با بچه‌ها می‌رفتیم نبودیم. بستنی‌خوری بزرگی که آینه‌ی سرتاسری چسبیده به دیوارها بزرگتر هم نشانش می‌داد. با

صندلی‌های مشتی و میزی مشتی‌تر و قاشق‌های فلزی که ساخته شده بودند برای لاسیده شدن با دست‌های آدمی که راحت خودش را ول کرده روی صندلی به وررفتن با بستنی زعفرانی پرخامه. توی همان صندلی کوچولوی پلاستیکی، جمع‌وجورشده و خم روی میز باریک بین‌مان بی‌مقدمه گفتم:

«فکر کنم طرح اون غروب مال محموده.»

گفت: «هان؟»

گفتم: «اون نقاشی‌ئه، توی اتاق خوابت.»

گفت: «گفتم که. مال شوهرمه.»

گفتم: «می‌دونم. طرحش رو می‌گم. شوهرت کشیده ولی طرحش مال محموده.»

گفت: «فکر نکنم. از کجا می‌گی؟»

گفتم: «یه رفیقام شاگردش بوده. می‌گفت یه طرح این‌جوری بهشون داده بکشن.»

گفت: «محمود؟»

گفتم: «همون که توی سالن شهر دورش جمع بودن.»

قاشق بستنی را توی دهانش گذاشت.

گفتم: «کت قهوه‌ای‌ئه».

قاشق را درآورد. گفت: «طاهری رو می‌گی.»

گفتم: «اون که صورتش رو سه‌تیغه کرده بود. شلوار مشکیه. یادم نیست کت قهوه‌ای بود یا کاپشن قهوه‌ای.»

گفت: «نمی‌دونم کی رو می‌گی.»

و با ناخن چکه‌ی بستنی ریخته به مانتواش را پاک کرد. بی‌تفاوت‌تر از آنی بود که حدس می‌زدم. راستش من هم حساب‌شده حرف نزده بودم. فقط می‌خواستم یک جوری حرف نقاشی را پیش بکشم. لحن بی‌تفاوت

بدری

بدری بهم فهماند که نه بابا این خبرها هم نیست ولی حالا گفته بودم و باید جلو می‌رفتم.

گفتم: «نکنه بعد از این‌که شوهرت کشیده محمود طرح رو گذاشته جزو درسش.»

گفت: «شاید.»

بعد هم گفت: «کاش فالوده می‌گرفتیم.»

گفتم: «بگیرم؟»

گفت: «نه دیگه.»

دوباره تلاشم را کردم: «شوهرت کی زمینئه رو کشیده؟»

گفت: «یه چند ماهی قبل از مرگش.»

پیش‌تر گفته بود که شوهرش یکی دو سال می‌شد که مرده. گفتم: «رفیق من چند سالی هست که دیگه کلاس نقاشی نمی‌ره.»

گفت: «آخه بهرام همیشه طرح‌های خودش رو می‌کشید.»

گفتم: «شاید این یکی از محموده.»

گفت: «شاید.»

با همان بی‌تفاوتی قبل گفت. کفرم درآمد و تخته گاز جلو رفتم. گفتم: «بهشون گفته فکر کنید بالاتنه‌ی یه زن رو از پشت می‌کشید طوری که نور کم‌رنگی از چراغ خواب روی شونه، گرده و کمر پخش باشه. یه نور سرخ. خط شونه و دنده‌ها هم ترک‌هایی باشند از زمین کویری.»

خندید. چکشی و بلند. گفت: «جمشیده که این جوری حرف می‌زنه. باید یه بار بری سر کلاسش تا از خنده روده‌بر بشی. جنگل رو مرداب می‌بینه، مرداب رو کلاغ.»

گفتم: «یعنی طرح مال اونه؟»

گفت: «نه بابا. بهرام اصلاً جمشید رو تحویل نمی‌گرفت.»

و تمام.

تمام سعی‌ام برای درگیر کردن او شده بود زرشک. زرشکی که به شکل بیلاخی گنده تا توی خانه دنبالم بود. شب توی خانه، نه عرق داشتم نه حال زنگ زدن به کسی. شدم آلت دست کنترل ماهواره‌ای که یک تصویر را هل می‌داد روی تصویر قبلی تا روی یکی ایستاد. مردی بود درازکشیده توی دامنه‌ی کوه که سرش را گذاشته بود روی زین اسب و یک سازدهنی به لب گرفته بود. پایین پای‌اش چند سنگ دور هم چیده شده بود با شعله‌های آتش بین‌شان و کنارش در مرز تاریک روشن مهتاب، اسبی با افساری بسته به تخته سنگی کوچک. مرد با جلیقه‌ی چرمی، شلوار جین و هفت‌تیری به کمر، یکی از پاهایش را تا لبه‌ی آتش دراز کرده بود و کف آن یکی را هم گذاشته بود زمین. کلاه شاپوی‌اش پایین پای خم روی بوته‌ای خار بود. سازدهنی می‌زد و نگاهش به قلعه‌ی روبه‌رو بود. چیزی روی دیواره‌ی قلعه سایه می‌ساخت. سایه‌ای غلیظ و تاریک. نه از آن سایه‌ها که می‌شد گرده‌دادگی سنگی یا تیزی خاری را توی‌اش حدس زد. دراز کشیده، محو سایه بود و به صدای سازدهنی خودش گوش می‌داد. دکمه‌ی استوپ را زدم و میخ آدمی شدم که بی‌خیال به تاریکی محض نگاه می‌کند. راحت، پهن‌شده روی زمین. اما چه چیزی توی این تصویر ثابت می‌کرد که نگاه می‌کند؟ شاید چشم‌ها را بسته و فقط گوش می‌کند به آهنگی که دیگر نمی‌شنیدم. با آن شستِ روی استوپ فقط مردی بود دراز کشیده توی دامنه‌ی کوه با دستانی که سازدهنی را به لب گرفته. پِلِی را نزدم. خراب می‌شد. این مرد بی‌خیال که هیچ‌چیز در ذهنش رسوخ نمی‌کرد تا سرخوشیِ سازی را که می‌زد خراب کند، با زدن دکمه‌ی پِلِی به قهرمانی آشنا تبدیل می‌شد. قهرمانی که بارها دیده بودمش؛ یا در تعقیب آدم نفرت‌انگیزی برای کشتن، یا به شکل بانک‌زنی که بی‌باکانه با کلانتر و معاون‌هایش درگیر شده و دارد از دست گروه تعقیب فرار می‌کند.

قهرمانی برای کشتن و فرار. کشتن برای حفاظت از اصلی که به آن اعتقاد دارد و فرار برای بههم زدن تقدیری که سرنوشتِ آدمهای خارج‌از چارچوب را معین می‌کند. قهرمانی که بالاخره به‌طرف یک دوئل کشیده می‌شود تا رو در روی آدمی دیگر بایستد. با دست‌هایی آماده‌ی کشیدن هفت‌تیر. خم آرنج و فاصله‌ی دست تا غلاف هم هست که از چشم پسری که پشت یک صخره پنهان شده دور نمی‌ماند تا سال‌ها بعد همین پسر، قهرمانی شود برای حفاظت از اصلی یا برهم زدن تقدیری که او را در چارچوب روزمرگی له می‌کند.

زدن روی دکمه پخش، آدمی را که قهرمانی‌اش برای من تنها به‌خاطر این بود که هیچ‌چیز نمی‌توانست در ذهنش رسوخ کند تا لذتش را به اضطراب بکشاند، به قهرمانی تبدیل می‌کرد که دیگر حوصله‌اش را نداشتم. من قهرمانی می‌خواستم که اصلاً تقدیر را جدی نگیرد، چه رسد به این که با آن مبارزه کند. کسی که چنان در لذتِ کاری که می‌کند غرق باشد که اصلاً خطر تقدیر را نفهمد. مثل این مرد دراز کشیده توی دامنه‌ی کوه. بی‌هیچ دغدغه‌ای از هرچیزی که ذهن را آشفته می‌کند.

با دیدن این مرد بود که فکر کردم برای بههم زدن روزمرگی بدری یا به‌خاطر تأثیری که از غروب کویری گرفته‌ام نیست که بی‌خیال دروغ‌های همیشگی‌ام شده بودم. شاید فقط می‌خواستم از ساختن دروغی جالب لذت ببرم و این دیگر فقط یک هوس آنی نبود. چیزی بود که مدت‌ها برایش وقت گذاشته بودم و هنوز معلوم نبود تا کی باید وقت بگذارم. اما اصلاً این دروغ آن‌قدر جالب بود که بشود از آن لذت برد؟ آوردن یک زن توی این ماجرا به کجا ختم می‌شد؟ لحظه‌ای از بی‌تفاوتی بدری عصبانی شده بودم و همه چیز خراب شده بود. چیزی گفته بودم که عاقبتش به مردی می‌رسید که جلوی زنی دَمَرو خوابیده وا داده بود. می‌خواستم ردّ رقیبی را در ذهن خدابیامرزش پیدا کند و این حتی برای

خاص کردن دروغ هم نبود؛ گفتم که فقط کونش بسوزد اما پایه‌ی خنده‌اش شد.

ولی اصلاً اگر زنی را هم تصور می‌کرد دَمَرو خوابیده روی تخت، زیر نگاه مردی که از دیدن شانه، گرده و کمر او طرح زمین کویری به ذهنش رسیده، چرا باید به فکر رقیب بیفتد؟ شاید خودش را همان زن می‌دید. درازکشیده زیر نور قرمز چراغ خواب و چشم‌های بهرام که ترکی عمیق در پهنای کویر را جای گودی خط ستون فقراتش می‌گذاشت. و چرا چشم‌های بهرام؟ شاید چشم‌های محمود یا طاهری و یا همین جمشید که مسخره‌اش می‌کرد. حتی اگر با آن‌ها روی تختش دَمَرو نخوابیده باشد، می‌توانستند که در خیال ببینندش.

زور زده بودم دروغی بگویم که بدری را از دنیای لوس عاشقانه دور کند اما ماجرای مردی را گفته بودم که تحت تأثیر زنی طرح زده بود و اصلاً چه فرقی می‌کرد که خودش قهرمان رؤیای مرد باشد یا رقیبی که هنوز نمی‌شناخت. دروغ به راهی افتاده بود که نباید می‌افتاد. پس باید کاری می‌کردم و نمی‌دانستم چه‌کار.

از ذهنم گذشت آخرِ شبی، گشتی باهاش بزنم تا تأثیر حرف‌های توی بستنی‌خوری را از بین ببرم و دروغ را از این لجنی که فرو رفته بود بیرون بکشم. فقط بهانه‌ای می‌خواستم تا از خانه بیرون بزند. می‌شد بگویم حوصله‌ام سررفته بیا یه تابی بزنیم. راحت، مثل همیشه که می‌گفتم و می‌آمد. گوشی تلفن را برداشتم و شماره‌ی خانه‌اش را گرفتم. زنگ دوم سوم بود که برداشت:

«توئی؟»

آمدم بگویم «حالش رو داری یه تابی بزنیم؟» اما گفتم: «ننجون ابی بدجور قاطی کرده باید یه سری بهش بزنیم.»

گفت: «ابی؟»

یعنی این‌قدر خنگ بود. بیشتر از ده بار از ابی برایش گفته بودم. گفتم: «ابی بابا. ابی.»

گفت: «هان.»

گفتم: «خونه‌ی نن‌جونش قلعه‌شوره. میای دنبالم؟»

گفت: «حالا؟»

با صدای خواب‌آلود گفت. اول که گوشی را برداشت صدایش خواب‌زده نبود. داشت سیاهم می‌کرد. گفتم: «پیرزنه خیلی ترسیده. یه زن باهام باشه قوت قلبه براش.»

مادرقحبه‌گی‌اش گل کرده بود. خمیازه انداخت توی صداش: «ماشین می‌خوای بیا ببر.»

دفعه‌ی اولش بود دست به سرم می‌کرد. گفتم: «با آژانس می‌رم. خدافظ.»

قطع کردم و روی تخت پهن شدم. هنوز دنده به دنده نشده بودم که تلفن زنگ خورد. خودش بود. گوشی را برداشتم.

«وایسا میام.»

منتظر جواب نشد. قطع کرد.

آمد، بعد از این‌که یک مشت کس‌شعر آماده کرده بودم توی مخش بتپانم. تک که زد رفتم بیرون. با ۲۰۶ آمده بود، ماشین ولگردی. همیشه می‌گفت، کوه که می‌رفتیم.

خودش را کشاند روی صندلی شاگرد. در راننده را باز کردم و پشت فرمان نشستم.

«امشب زود خوابیدی. دوازده هم نشده.»

صندلی را خواباند و گرده را رویاش شُل کرد.

«چش شده که حتماً باید شبی بریم؟»

پاها را دراز کرد. شلوار لی، کفش اسپرت، تک پوش یقه گرد مشکی، با همان مانتویی که برای کوه می‌پوشید. خاکستری ساده و نه خیلی چسبان با دو دکمه‌ی پایینی بسته و بالایی باز.

گفتم: «نمی‌دونم. ابی‌ئه زنگ زد یه چیزایی بلغور کرد.»

شیشه‌اش را پایین داد. بهتر شده بود. از همان اول هم چاق نبود. توپُر چرا اما چاق نه. به‌خصوص حالا که درازشده بود روی صندلی، شکمش اصلاً توی چشم نمی‌زد. روی تخت، به پهلو که بود داشت. یک انگشتی از بند شورت بالا می‌زد اما نه ول روی کش‌باف شورت. زیر گن که ابداً. ده روزی می‌شد روی تخت ندیده بودمش. حتماً کم شده بود. به پهلو حتی، پاها که توی شکم جمع بشود.

گفت: «پس برو دیگه.»

ماتیک و ریمل هیچی. ساده‌ی ساده. استارت زدم و گذاشتم یک. راه که افتادیم پرسید:

«از چی ترسیده؟»

روسری پشت گردن افتاده بود. موهای مشکی‌اش عصر توی بستنی‌خوری بلوند بود ودسته‌کرده بالای سر، حالا روی گردن و شانه پخش بود. سیاه سیاه.

گفتم: «می‌ریم می‌فهمیم.»

از فرعی انداختم توی اصلی. گفت: «تو هیچی نمی‌دونی؟»

می‌شد بگویم. جور کرده بودم که بگویم از دری چوبی، چار لنگه. دو تا ثابت در دو طرف و دو تا متحرک در وسط که هر کدام با لولا به یکی از لنگه‌های ثابت وصل می‌شد. زیاد شنیده بودمش. توی پرسه‌زنی‌هایم با ابی یا بعداز گرم شدن کله‌اش توی عرق‌خوری. هر لنگه به باریکی چهل-پنجاه سانت و بلندی یک و نیم متر. خودش از شیشه‌ها هم می‌گفت که هرلنگه سه تا دارد. یکی بلند و باریک در بالا. یکی زیر آن، کوچک. به عرض وجب بچه‌ای پنج‌شش ساله. شیشه‌ی بعدی زیر این یکی بود.

مربعی کوچک که قابش با صورت و دو دست بچه‌ای در دو طرفِ سر پر می‌شد. دو شیشه‌ی دیگر هم بود، بالای چارلنگه‌ی در، توی یک شیشه‌خور پهن که زهواری باریک در وسط از هم جدایشان می‌کرد. سایه‌ی دست بر این شیشه بود که می‌افتاد. حالا نمی‌شد گفت. شاید بعد. بعد از غلتیدن پیرزن روی تشک خیس.

نه. نه از در، نه از سایه یا تشک خیس. باید اول از بیدار شدن پیرزن می‌گفتم. خشکی لب‌ها و ترس باید بعد می‌آمد. بعداز خیسی بین دوپا. ترس هیچ‌وقت نبود. حتی موقع دیدن کاپشن روی بند. ترس نبود که دست‌هایش را به چفت بالای در چسباند. بُهت بود که حالا نمی‌شد گفت. زیر نور تیربرق‌ها و نور چراغ ماشین‌هایی که هنوز توی خیابان پلاس بودند حرف زدن از بُهت مسخره بود. باید صبر می‌کردم به جاده‌ی قلعه‌شور برسیم. جاده‌ای که فقط زیر نور همین ماشین، زردی کم‌رنگی از روشنایی بگیرد.

گفت: «نگفتی. تو چیزی نمی‌دونی؟»

سوزنش گیر کرده بود.

گفتم: «ابی‌ئه یه چیزایی می‌گه.»

گفت: «چی می‌گه؟»

گفتم: «ول کن بابا. ابی‌ئه زر زیاد می‌زنه. یهو می‌بینی امشب‌اَم سر کاریم.»

نگاهم کرد و گفت: «الکی گفت مادربزرگش مریضه؟»

گفتم: «مریض نیست. قاطی کرده.»

گفت: «دیوونه‌س؟»

گاز را شل کردم. پیش‌تر بود دستم را می‌کردم لای موهایش. بهترین راه برای سین‌جیم نشدن. نکردم. فضای لوس عاشقانه چیزی نبود که می‌خواستم. دستم رفت طرف رانش اما نگذاشته برگرداندم روی دنده. وقت حال کردن نبود. آورده بودمش تا با تأثیر جاده‌ی بیرون شهر، از

دنیای شناخته‌شده‌ی شهری دورش کنم اما هنوز دور فلکه‌ی دروازه شیراز می‌پلکیدیم. انداختم طرف سربالایی صُفّه و معکوس دادم. همان‌طور دراز روی صندلی دستش را آورد کنار دنده. کنترل سی‌دی خوان را برداشت و دکمه‌اش را زد. همین را کم داشتیم. یک ترانه‌ی شلوغ و پلوغ. حالا با این آهنگ گردن لقوه کن چطور می‌شد از گرگ گفت. آن هم توی برف، با گردنی کشیده و صدای زوزه‌ای که اصلاً با این آهنگ چفت نبود. اما می‌شد از حسین میری گفت. حالا نه همه‌اش را ولی همان اولش را چرا. من باهاش نبودم اما پایه می‌گفتم که بودم. خانه‌ی نن‌جون ابی هیچ‌وقت نرفته بودم. دمِ در یکی دوبار چرا. توی خانه نه. حسین ولی رفته بود. یک بار هم که مال‌خرش لو رفته بود، مدتی زیرجُلَکی آن‌جا تلپ شد، با زیدش. بعد که ماندنشان طول کشیده بود و زیدش از حمامِ یواشکی رفتن شاکی شده بود، حسین و ابی همان کنار حیاط حمام ساختند. با دو تیغه آجری و یک در آهنی کار را تمام کردند. باید می‌گفتم من هم کمکشان کردم. می‌شد بگویم لوله‌کشی‌اش را کردم. بدری می‌دانست چیزهایی از لوله‌کشی سرم می‌شود. باید از همین‌جا شروع می‌کردم و بعد توی جاده‌ی قلعه‌شور از رخت‌های پهن‌شده‌ی روی بند می‌گفتم.

گفت: «تخم کفتر بدم زبونت واشه؟»

گفتم: «دیوونه که نه ولی خب یه جورایی قاطی داره.»

گفت: «چه جورایی؟»

نگاهش کردم. بی‌تفاوتی عصرِ توی بستنی‌خوری پریده بود و حالا همین‌طوری بی‌هوا برای پر کردن وقت، اولین چیزی را که به ذهنش رسیده بود هی تکرار می‌کرد. «چشه»، «مریضه»، «دیوونه‌س»؟

دستم را بردم توی موهایش. باید خفه می‌شد. گفتم: «این جوریا.» و مثل گاو به یونجه‌رسیده نگاهش کردم.

گفت: «نه جدی.»

سرش را کشاندم جلو و خم شدم به بردن لب‌هایم طرف لب‌هایی که «نه جدی» هم به بی‌تفاوتی قبل‌از بین‌شان بیرون آمده بود. سرش را کشید: «پیداییم.» این یکی را با کمی دلهره گفت و به ماشین‌های پشت سری اشاره کرد. نفسش که به لب‌هایم خورد بی‌خیال ماشین‌ها لب را گرفتم. لبهایمان که جدا شد کشیده شده بودیم حاشیه‌ی جاده. ماشین را دوباره بردم وسط. گفتم: «حالی می‌ده تو ماشین.»

یکی دو ماشین از کنارمان رد شدند. توی یکی‌ش پسری سیزده چارده ساله میخ نگاهمان می‌کرد. مثل بچه‌ی آدم تمرگیدم سر جایم و گاز را چسباندم. به ترمینال صفه رسیدیم. از زیر نور چراغ‌های ترمینال که دور شدیم تو اتوبان افتادیم. جاده خلوت‌تر و فاصله‌ی ماشین‌ها بیشتر شد. همه‌چیز بد پیش‌رفته بود. آورده بودمش تا کار خراب‌شده را درست کنم و حالا خراب‌تر شده بود. هم دستم را کرده بودم توی موهایش، هم بوسیده بودمش و تازه انتظار داشتم از دنیای لوس عاشقانه جدا شود. با این انگشتی هم که حالا دستم را نوازش می‌کرد روی هم‌رفته تر زده بودم. دستم را از دنده گذاشتم روی فرمان. انگشتش رفت روی رانم. دستم را برگرداندم روی دنده اما انگشتش روی ران ماند. بهتر از این نمی‌شد. ماشین شده بود آلاچیق باغی سرسبز که عشاق مهربانانه در فضایی دل‌انگیز هم را نوازش می‌کنند. برای خلاصی از باغ هم هرچه گاز می‌دادم به جاده‌ی قلعه‌شور نمی‌رسیدیم. نه. این‌طوری نمی‌شد. گفتم: «به جاده‌ها رسیدنا»

چیزی نگفت. گفتم: «پرِ ماشینه. مال این بیمارستانه. خیلیا اونجا خونه گرفتن.»

باز حرفی نزد. گفتم: «پهن. دوبانده. روشن. نه انگار از شهر زدی بیرون.» انگشتش رفت روی زانویم. برگشت روی ران. بعد بلند شد آمد روی دستِ به دنده گذاشته‌ام و همان‌جا ماند تا بالاخره به جاده‌ی قلعه‌شور رسیدیم. فقط باید جلو می‌رفتم و از سر تقاطع می‌انداختم توی باند

کناری و برمی‌گشتیم طرف قلعه‌شور. تا انگشتش آرام از روی دستم بلغزد طرف مچ و برود کنارِ بازو پیچیدم طرف جاده.
تاریک بود ولی نه آن تاریکی که انتظار داشتم. یکی دو ماشین خیلی جلوتر می‌رفتند و یکی هم پشت سرمان نور بالا می‌آمد. گاز را شل کردم. ماشین عقبی جلو زد و رفت. نور بالا زدم و با همان سرعت کم رفتم.
گفتم: «از این جاده می‌شه رفت بهارستان.»
گفت: «اِه!»
گفتم: «بعضیا که چیزمیز دارن از این‌ور می‌رن بهشون گیر ندن.»
گفت: «چه خلوته.»
صدای آهنگ را کم کردم. انگشتش روی بازویم جا خوش کرده بود.
گفتم: «قبلنا اینجا گرگ داشت.»
گفت: «اِه؟»
صدای آهنگ را کمتر کردم. گفتم: «آدم زیاد زندگی نمی‌کرد این‌ورا.»
چیزی نگفت. سی‌دی را خاموش کردم.
گفتم: «یه ده بود با چند تا خونه.»
انگشتش را از بازویم برداشت. صندلی را راست کرد نشست و به بیرون نگاه کرد. فضای باز بیابانی طرفی از جاده بود و دیوار گلی طرف دیگر. چند تا سگ طرف بیابانی پروپخش بودند و صدای تک‌وتوک پارس می‌آمد. گفتم: «اون کوه روبه‌رو گرگ داشته.»
نگاه کردم توی تاریکی کوه را نمی‌شد دید. گفت: «نیستن حالا؟»
گفتم: «انگار رفتن توی کوه‌های مبارکه. رفتی؟»
گفت: «نه.»
گفتم: «زمستونا که برف کوه سنگین می‌شد چیزی برای خوردن نبود. به هوای غذا می‌اومدن پایین. یه چندتایی هم پخش می‌شد توی ده.»
هنوز میخِ بیرون بود. میخِ سگ‌ها.

گفتم: «یه دفه دمدمای صبح، ننجون ابی یکیشون رو دیده. میگفت داشته در اتاق رو باز میکرده بره سر حوض وضو بگیره که دیده وسط حیاط توی برف گردن سیخ کرده و زوزه میکشه.»

گفت: «آخی.»

آخی را جوری گفت انگار بگوید طفلک. یا حیوونکی. نفهمیدم به گرگ میگوید یا به ننجون ابی. اما فرقی نمیکرد. لحن آخی گفتنش بهم فهماند که نمیبیند. نه گرگ را نه پیرزن را. بیابان تاریک هم هیچ کمکی نکرده بود. حتی صدای پارسی که تک و توک میشنیدیم. هنوز توی خانهاش بود، روی کاناپهی چرمی قرمزش. و میدانست سمت راست، اتاق خواب است با کمدی از لباسهای آویزان. شاید این موی مشکی با آن ماکسی ارغوانی برای مهمانی فرداشب باشد و من همانجا روی کاناپه کنارش بودم و میتوانستم بگویم «فکر نمیکنی این بلوز آبیه بهتر باشه.» هنوز روی همان کاناپه نشسته بودم با دستی توی موهایش. جوجه خروسی که پروار کرده بود تا شبی باهاش روی تخت غلتی بزند و حالا جوجه خروس حرفی زده بود جالب و او باید چیزی میگفت، که گفت. «آخی.» شاید به شوهرش هم گفته. با همین لحن. زمین کویری را که دیده برگشته یک نگاه به بهرام انداخته یک نگاه به زمین و گفته: «چه قشنگه.»

نه. باید میفهمید چیزهای دیگری هم هست. چیزهایی غیر از فنجانهای طلایی پشت شیشهی ویترین توی هال. غیر از پردهی تور سفید بالای در آلومینیومی با شیشههای بلند پهن. باید میفهمید. اصلاً میدید؟ همانطور که ملافهی صورتی روی تختش را میبیند ترکهای این زمین مسی را هم میدید؟ یا لرزش پرههای بینی گرگی توی برف؟

نه، برای او هیچچیزی توی این جادهی تاریک نبود. حتی بیابان بیرون ماشین هم نبود، و پارس سگها فقط صدای حیوونکیهایی بود که

بالاخره بعداز بازیگوشی شبانه‌شان به خوابی خوش فرو می‌روند. نصف‌شبی این همه راه آمده بودیم توی بیابان تا او فقط بگوید: «آخی.» این شاید تأثیر همان «دستم توی موهایش» بود یا نوازش عاشقانه‌ی انگشتش در تمام راه تا او عاشقانه، جوجه خروسش را جوانی انسان‌دوست ببیند که برای نجات پیرزنی به دل سیاه شب زده است.

نه. نباید این‌طوری تمام می‌شد. زدم روی ترمز و کشیدم کنار جاده.

گفت: «چرا وایسادی؟»

گفتم: «فکر کنم پنچریم.»

گفت: «اِ.»

و این «اِ» همانی بود که می خواستم. نه از روی تعجب با لوندی کشدار برای رضایت آدمی که چیزی گفته و او باید اشتیاقش را به شنیدن نشان دهد. این «اِ» یعنی وای. یعنی درگیر شدن با بیابان، تاریکی و سگ‌هایی که حیوونکی‌هایی نبودند به بازی شبانه. درنده‌هایی بودند آماده‌ی دریدن. چراغ قوه‌ی موبایل را روشن کردم دادم دستش و گفتم: «بیا.»

گفت: «هان؟»

گفتم: «باید چراغ بندازی تا لاستیک رو عوض کنم.»

صدای پارس نزدیک شد. نور انداخت توی بیابان. چند سگ به طرف ماشین می‌دویدند. در راننده را باز کردم و گفتم: «د یالّا دیگه.» در سمت او را هم باز کردم.

از ماشین پایین پریدم و به لاستیک جلو مشت زدم. دوباره پریدم بالا. در را بستم. در او را هم بستم و شیشه‌اش را بالا دادم. سگ‌ها به ماشین رسیده بودند. گذاشتم دنده یک راه افتادم. گفتم: «پنچر نبودیم.»

نگاهم کرد، بعد به سگ‌هایی که هنوز پارس‌کنان دنبالمان بودند و دوباره به من.

گفت: «اگه بشیم.»

گفتم: «خب لاستیک رو عوض می‌کنیم. نکنه زاپاس نیووردی.»

گفت: «با این سگا؟» و به بیرون اشاره کرد.

گفتم: «بابا اینا که بخاری ندارن.»

گفت: «دیدم چطور پریدی تو ماشین.»

خندیدم: «نه بابا. بعضی ماشینا براشون ته مونده غذا می‌ندازن. یه تکه مرغی آشغال گوشتی چیزی. اینام میان دنبال ما یه چیزی گیرشون بیاد. تازه، وایسی که کاری بهت ندارن. اگه فرار کنی می‌ندازند دنبالت.»

گفت: «برای همین شیشه رو دادی بالا.»

گفتم: «می‌خواستم نترسی.»

جاده روشن‌تر شد. رسیدیم به خیابانی فرعی که تیرهای برق جاده را روشن می‌کرد. گفت: «همین‌جاست؟»

گفتم: «این که می‌خوره به بهارستان. بالاتره.» و پایم را روی گاز فشار دادم تا از زیر نور رد شدیم. دوباره سرعت را کم کردم. گفتم: «چند تا فرعی دیگه‌م هست که می‌خوره به بهارستان. بعد از اونا یه کمی که بریم سمت چپ یه کوچه‌س. همون‌جاست.»

گفت: «شبی‌ئه واجب بود؟»

گفتم: «ترسیدی؟ می‌خوای وایسم پیاده شم ببینی سگا کاری ندارن؟» خندید گفت: «می‌گم پیاده شی‌ها.»

گفتم: «بابا تو سگ ندیدی.»

چیزی نگفت. جاده باز روشن شد. به یکی دیگر از فرعی‌ها رسیده بودیم. گاز دادم و از کنارش رد شدیم اما نور تیربرق‌های فرعی بعدی توی چشم بود. بعدی را هم رد کردیم و افتادیم توی تاریکی.

سرعت را کم کردم گفتم: «همین‌جاست.»

آهسته راندم و میخ دیوار گلی شدم. گفتم: «اگه حالا کوچه رو بجورم.»

گفت: «قر میای سَرَم؟»

گفتم: «یه سالی هست این‌ورا نیومدم.»

و از کوچه‌ای رد شدم.

گفت: «همین نبود؟»

گفتم: «کوچه‌ی سوم چارمه.»

کوچه‌ی بعدی را هم رد کردم و جلو رفتم تا رسیدیم به در چوبی سبزی که همیشه نشانم بود. پیچیدم توی کوچه‌ی کناری. زیر نور چراغ ماشین کف خاکی، دیوارهای بلند گِلی دو طرف و درازی کوچه پیدا شد. پیچ که می‌رفت سمت راستْ آخرهایش بود و از جایی که ما بودیم پیدا نبود. این‌جا جایی بود که باید حرف می‌زدم. توی اتوبان که فقط نوازش انگشت روی دست بود. حتی از ساختن حمام هم حرف نزدم یا از حسین میری که چطور ادای نن‌جون ابی را می‌آید و با آدابِ پیرزنی وسواسی یکی‌یکی لباس‌هایش را درمی‌آورد می‌گذارد گوشه‌ی حمام تا قبل‌از غسل کردن بشورد.

همه‌ی این‌ها را باید پیش‌از رسیدن به جاده‌ی قلعه‌شور توی اتوبان می‌گفتم. به خنده و قر و اطوار هم که گفته بودم باز با آن آهنگ گردن لقوه کن جور بود و حداقل ذهن‌اش را درگیر پیرزنی می‌کرد که بعد توی جاده‌ی تاریک و خلوت قلعه‌شور بشود از رخت‌های پهن‌شده‌اش روی بند گفت یا سایه‌ای که به دو شیشه‌ی بالایی در می‌افتد. ولی حالا حرف زدن از آن، تکی بود روی دو کارت بالا که فقط به درد پکیدن می‌خورد. این همه کس‌شعر آماده کرده بودم که تازه هیچ ربطی به دروغی که می‌خواستم بسازم نداشت و فقط باعث می‌شد بدری فضای دیگری از زندگی را هم ببیند. پیرزنی که هر شب تمام رخت‌هایش شسته می‌شود و صبح همه‌ی آن‌ها را روی بند می‌بیند، بی‌آنکه بداند کی آن‌ها را شسته. ولی حالا گفتن این حرف‌ها مسخره بود. نه مسیر آن‌طوری بود که می‌خواستم، نه حرف‌ها جوری که پیش‌بینی کرده بودم گفته شده بود. چیزهایی از گرگ و برف و کوه گفته بودم اما نه آن‌طوری که باید.

ولی این‌جا توی این کوچه‌ی پرت فرصتی بود برای انداختن قام تا حداقل اگر از آن‌ها هم نمی‌گویم لااقل چیزی بگویم که او را برای همین امشب

هم که هست از زندگی عادت‌شده‌اش دور کند. برگشتم که بگویم. هرچه که باشد. چیزی که بتواند از این عروسک خوش‌اندام آویزان به آینه‌ی ماشین دورمان کند. چیزی که باعث شود حداقل همین جاده‌ی بیابانی که لحظه‌ای قبل توی‌اش بودیم دوباره مجسم شود. اما نگفتم. قیافه‌ی بدری را که دیدم فهمیدم هیچ فایده‌ای ندارد. او فقط دنیای خودش را باور داشت. همین صندلی، عروسک آویزان و داشبورد پارافین خورده‌ی براق. و همین چیزها بود که حالا لبخند به لبش گذاشته بود.

زدم روی ترمز و دنده عقب گرفتم.

گفت: «هان؟»

گفتم: «اشتباه اومدیم. فکر نمی‌کنم بجوریمش.»

گفت: «هان؟»

گفتم: «کون لقش. معلوم نیست کجا پا عشق و حالشه ما را فرستاده دنبال نخودسیاه.»

گفت: «مگه پهلوی مادر بزرگش نیست؟»

گفتم: «نه بابا. زنگ زد گفت خودش نمی‌رسه بره من یه سری به ننجونش بزنم.»

گفت: «پس از کجا می‌دونست حالش بده؟»

گفتم: «نمی‌دونم.»

به سر کوچه رسیده بودیم. فرمان را گرداندم و افتادیم توی جاده. برگشتیم و این‌بار بیابان طرف من بود، با همان سگ‌ها و همان صدای پارس تک‌وتوکی که می‌آمد.

گفت: «چی شد یه دفعه؟»

گفتم: «توی این سگا سگ وحشی هم هست. سگی که پاره کنه.»

به بیابان نگاه کرد. به سگ‌ها. گفت: «خب.»

گفتم: «با این کوچه‌ی خاکیِ پر از سنگ و سقط اگه پنچر بشیم.»

نگاهم کرد و بدترین چیزی را که می‌شد بگوید گفت: «مرسی که نگران منی عزیزم.»

نفهمیدم مسخره‌ام می‌کند یا جدی می‌گوید. تازه فهمیده بودم مادرقحبه‌تر از آن است که بشود از لحن‌اش چیزی فهمید. پایم را طوری تا خایه کردم توی گاز که نه فرعی‌هایی که به بهارستان می‌خورد، نه بیابان و نه سگ‌ها هیچ‌کدام فرصت دیده شدن پیدا نکردند. جاده که تمام شد می‌خواستم بیندازم توی اتوبان که صدای فریادش را شنیدم: «رفتی روش.»

زدم روی ترمز. کشیده شدن چیزی را از زیر تایر عقبم حس کردم. ماشین که ایستاد شیشه را دادم پایین. صدای خِرّ نفس قطع و وصل می‌شد. پیاده شدم و نور چراغ‌قوه‌ی موبایل را انداختم زیر تایر. گربه بود، با استخوان بیرون‌زده کمر. کاری نمی‌شد کرد. سوار شدم. گذاشتم یک و راه افتادم. انداختم توی اتوبان و دوباره پا را فرو کردم توی گاز. ترمینال صفه و دروازه شیراز را کی رد کردیم نمی‌دانم. فقط دیدم جلوی در خانه‌اش هستیم و دارد در پارکینگ را باز می‌کند. پارک کردم کنار بنزش. در پارکینگ را بست و آسانسور را زد. از آسانسور تا توی آپارتمان باید صبر می‌کردم و کردم. اما توی آپارتمان من بودم و او و دستی که فقط پاره می‌کرد. بلوز و پستان‌بند و شورت. توی اتاق خواب بود که تازه گفت: «آروم‌تر» آن هم وقتی که داشت پرت می‌شد روی تخت. «چته» را هم گفت اما دیر، موقعی که ملافه‌ی صورتی زیر دست و پایم جر خورده بود و افتاده بودم روی کمری که چنگ ناخن‌هایم خطاش می‌انداخت.

وحشی را خیلی بعدتر گفت. دوشش را که گرفته بود. حوله به تن که از حمام بیرون زد گفت: «وحشی». بعد آمد نشست کنارم روی کاناپه‌ی هال. نرمه‌ی گوشم را بوسید و گفت: «نمیای بخوابی؟»

گفتم: «تو بخواب. بعد میام.»

رفت. توی اتاق خواب از در نیمه‌باز می‌دیدمش ملافه‌ی جرخورده را از روی تخت برمی‌دارد گوشه‌ای می‌اندازد، از کمد ملافه‌ی دیگری را درمی‌آورَد، باحوصله پهن می‌کند روی تخت و روی چروک‌هایش دست می‌کشد. سفیدی ملافه از همان‌جا که نشسته بودم پیدا بود. چراغ خواب را خاموش کرد ولی نور چراغ هال آن‌قدر بود که بشود بیرون آمدن بازو از آستین، پرت شدن حوله روی چوب‌لباسی و سریدن بدنی لخت زیر ملافه‌ی سفید را دید. همان‌طور که نشسته بودم دستم را دراز کردم طرف دیوار و چراغ هال را خاموش کردم.

لخت روی کاناپه نشسته بودم و زیر نور کم‌رنگی که از چراغ تیربرق کوچه هال را سایه‌روشن می‌کرد، به مبل‌ها، میز چوبی، عسلی و ویترین شیشه‌ای نگاه می‌کردم. وصله‌ی ناجوری بین این‌ها بودم. وصله‌ای که به هر جای دیگری می‌خورد غیر از این‌جا. می‌شد خانه‌ی علیخانی باشم پای قمار با کارتی توی دست و منتظر گرفتن کارت بعدی. یا کنار محسن اسماعیلی روی صندلی تریلی توی بیابان، و یا حتی با رضا ناجی به دزدی، درازشده از دیواری برای پریدن؛ اما نه این‌جا. لُخت، پهلوی این تلفن و تقویم کتابچه‌ایِ روی عسلی با پاهای پهن‌شده روی میز و تکیه‌داده به پشتی کاناپه. توی آپارتمان زنی که توی اتاق خوابش بعداز سکس با مردی وحشی به خواب رفته تا صبح سرحال بلند شود به ادامه‌ی زندگی همیشگی‌اش.

توی تاریکی روی کاناپه نشسته بودم اما نه با احساس تنهایی، غربت یا حتی پشیمانی. فقط می‌دانستم جور نیستم با این چیزهای دوروبر و این آدم درازکشیده روی تخت که تنها چیزی که می‌توانست بین من و او ارتباطی برقرار کند دروغی بود که دیگر خوب می‌دانستم از پسِ باوراندن‌اش به او برنمی‌آیم. بدری قوی‌تر از آنی بود که فکر می‌کردم و این قدرت را از نگاهش به زندگی می‌گرفت. نگاهی که از داشته‌هایش شکل گرفته بود. دوستانی که می‌شد مهمانشان کرد و به مهمانی‌شان

رفت. خانه‌ای که مناسب مهمانی دادن بود. چینی‌های سبزی که از پشت شیشه‌ی ویترین هم زیبایی‌شان به چشم می‌آمد و نقاشی‌هایی به دیوار از شوهر مرحومش که نشان از گذشته‌ای عاشقانه و باشکوه داشت و تابلوهای دیگری که از آن مرحوم نبودند و شعور و فهمش را به نمایش می‌گذاشتند.

خب البته هر آدمی یک زندگی خصوصی هم دارد با اسراری که مخفی کردنشان هیجان‌انگیز است و او هم داشت. دوست پسری عاشق‌پیشه که گاه وحشی می‌شود و چه جالب است این وحشی‌گری توی سکس. به‌خصوص که طرف بیست سال هم جوانتر باشد، دیگر چه جای خالی‌ای توی ذهنش می‌ماند برای باور کردن زمین مسی در افقی سرخ یا پنجه‌ی گرگی در سفیدیِ برف. چطور می‌شد این دنیای مبهم، گیج و ناشناخته را برای او قابل باور کرد، وقتی تمام چیزهای اطرافش این‌طور واضح و روشن، واقعیتی را به او می‌شناساند که تمام مناسبت‌های رفتاری‌اش را ناخودآگاه با آن واقعیت تنظیم می‌کرد. شکل احوالپرسی بدری با آدم‌ها به نوع لباسی که پوشیده بود مربوط می‌شد و به ظرف میوه‌ی بین‌شان. همه‌ی این‌ها به بدری یاد داده بود که زندگی همین است و اگر از دنیای دیگری می‌شنید، دنیایی غیراز دنیای همیشگی‌اش، فقط شنیده بود. مثل قصه‌ای که می‌شنویم و باورش نداریم. قبول می‌کنیم که می‌شود این‌طوری هم باشد اما این‌طوری بودنش را باور نمی‌کنیم. توی رفتارمان نیست. و اصلاً مگر می‌شود گرگی را جدی گرفت وقتی ترسِ پاره‌شدن نباشد. یا زوزه‌ای را شنید وقتی در خانه‌ای زندگی نمی‌کنیم که اگر یک شب کلون در را نیندازیم، گرگ بیاید توی حیاط. نه، به هر کسی می‌شد دروغم را قالب کنم جز این یکی.

بودند زن‌های دیگری که می‌شد هرچیزی را توی کَت‌اشان کرد. زن‌هایی که این‌طور با واقعیت اطرافشان درگیر نبودند و آن‌ها را به هرطرف که می‌خواستم هُل می‌دادم. زن‌هایی که کافی بود توی چشمشان نگاه کنم

و بگویم تا آن‌ها یک ساعت برایم از زن همسایه‌ی خانه‌ی پدری بگویند که چطوری شوهرش را سحر کردند تا مهر او از دلش برود. اما این زن نه. این یکی به هیچ طرفی هُل داده نمی‌شد. بعداز پرسه‌زنی‌های شبانه، بعداز کوه‌گردی‌ها و بعداز رفتن به بیابان تاریک و دیدن سگ‌هایی که می‌شد پاره‌اش کرده باشند، هنوز وقتی به کوچه‌ای می‌رسید، هرچند پرت و تاریک، باز لبخند روی لبش می‌آمد چون می‌دانست کنار دوست پسرش نشسته و همین بس بود تا دنیای خودش را ببیند. دنیایی جدا از بیابان پشت سر و سگ‌های گرسنه‌اش.

حالا مگر می‌شد این آدم را از دنیای شناخته شده‌اش دور کرد؟ آدمی که لای این اثاثیه زندگی می‌کند با چشم‌هایی که منتظرند گَردی به قوری چینی پشت ویترین بیفتد تا دستمال به‌دست از بین مبل‌ها رد شود و در شیشه‌ای را باز کند. آدمی که خوب می‌داند چطور ظرفِ ده روز لاغر کند تا به این آینه‌ی کار گذاشته‌ی توی ستون بیاید یا به این دوست پسر بی‌ذره‌ای چربی. آدمی که ریزترین چیزهای این زندگی چنان ذهنش را پر کرده‌اند که جایی برای هیچ شکل دیگری ندارد و همین نمی‌گذاشت هرچیزی را که با این دنیای باورشده‌اش متفاوت است باور کند. دنیایی که خوب می‌شناخت. حتی چم‌وخم‌هایش را، کلاه‌برداری‌ها، شارلاتان‌بازی‌هایش را، و به خاطر همین برای همه چیز معیار داشت.

با این معیار بود که می‌شد یک مرد سی ساله عاشق زنی پنجاه ساله شود اما توقعش باید به‌اندازه باشد و نه بیشتر. چون مگر قیمت یک دوست پسر خوب چند است؟ بگیر این هم پول یک ماشین معمولی و تازه اگر واقعاً عاشقش باشد. آن هم نه یک مرتبه، آرام و توی چند قسط و هر بار با قنطوره‌ای جدید. اما آن‌قدر خر نمی‌شد که با هر نقشه‌ای بخواهی املاکش را به‌نامت بکند. حتی اگر شوهرش بشوی. حالا درست که من هنوز هیچ‌رقم او را تیغ نزده بودم و همان اول آشنایی بی‌خیال

تلکه کردن شده بودم تا دروغ نابی به نافش ببندم. آن هم نه برای پول که فقط برای بازی. اما او خودش حاضر به پرداخت قیمت بود. بی‌این‌که من قنطوره‌ای بپیچم. این را در پرسه‌زنی‌های شبانه می‌شد فهمید. در کوه‌گردی‌ها. در «چیزی احتیاج نداری»هایی که موقع جداشدن می گفت. یا «هنوز بیکاری؟ خب بهتر. راحت‌تر.» این قیمتی بود که او باورش داشت و می‌پرداخت. بی‌هیچ چانه‌زدنی. اما من از آن گذشته بودم تا بتوانم بازی خودم را پیش ببرم. بازی‌ای که باعث شده بود بیشتر از هر زن دیگری برایش وقت بگذارم و تازه حالا فهمیده بودم که زکی.

بهتر نبود بازی‌ای را که نمی‌توانستم به جایی برسانم تمام کنم و برگردم توی بازی همیشگی؟ بازی شناخته‌شده‌ی او، همان حرف‌های قشنگ و دستمزد منصفانه. اما این چیزی نبود که به آن تن بدهم. دیگر حالا نه. می‌شد تمامش کنم. برای همیشه بی‌خیالش شوم اما نه این که تسلیم شوم و همان کارهایی را بکنم که او انتظار داشت. نه بعداز آن‌همه پرسه‌زنی و کوه‌گردی. با او نه. با آن دوست خرپولش می‌شد کرد. هنوز شماره‌اش را داشتم. پنج شش سالی پیرتر بود و مهربان‌تر با شکمی که به درد طبل زدن می‌خورد اما مشتاق‌تر بود به شنیدن حرف‌های عاشقانه و غلتیدن زیر بدنی چقر، و حتماً دست و دل‌بازتر. فقط باید از روی کاناپه بلند می‌شدم و موبایلم را از توی جیب شلوارم در می‌آوردم. به دور و بر نگاهی می‌انداختم، شلوار را می‌جستم. حتماً همان اطراف افتاده بود. کافی بود بگردم. می‌شد چراغ آشپزخانه را روشن کنم. آن طرف هال بود. خوبی این آشپزخانه‌های اوپن همین است. همیشه می‌شود با نور چراغشان هال را آن‌قدر روشن کرد که چیزی را بجوری بی‌آنکه نوری تند از در نیمه‌باز اتاق مزاحم آدمی خواب باشد. اما بلند نشدم. نه به‌خاطر این‌که دیروقت بود، می‌دانستم طبل مهربان همیشه تلفن کنار تخت‌خوابش هست و زنگ به سه نرسیده برداشته. همان اول که مخ این یکی را می‌زدم چند باری هم به او زنگ زدم. خودش گفته بود و چقدر

مادرانه «شب‌ها هم دلت تنگ شد زنگ بزن. خوابم سبکه.» نزدم. با بدری که به پرسه‌زنی شبانه رفتم دیگر نزدم. نه به او، نه به هیچ زن دیگری. توی شش‌وبش زنگ زدن بودم اما نزدم. حالا هم که بلند نمی‌شدم به پیدا کردن شلوار. حال برداشتن پایم از روی میز را هم نداشتم. روی کاناپه لم داده بودم و زیر نور کم‌رنگی که از لای در افتاده بود روی تخت، برجستگی‌های بدنی لُخت را از زیر ملافه حدس می‌زدم. برجستگی‌هایی که حالا انگار داشتند از زیر ملافه بیرون می‌آمدند یا ملافه از روی آن‌ها سریده می‌شد پایین.

نور چراغ تیربرق از لای در نیمه‌باز اتاق آن‌قدر کم‌رنگ به تخت می‌افتاد که نمی‌شد فهمید ملافه پایین می‌رود یا پیکر از زیر آن بالا می‌آید. زیر همان نور کم، بالاتنه‌ای عریان دیدم که با موهایی پخش دور گردن و شانه روی تخت نشست. پاها آویزان شدند. ملافه افتاد، دست‌ها روی لبه‌ی تخت لغزیدند و پاها رفتند روی ملافه و بعد، از هم دور شدند. بدری آمد توی قاب در. سایه‌ی پیکرش زیر نور تیر به دیوار هال هاشور شد. توی سایه‌ی روشن قاب، لحظه‌ای کنار سایه‌اش ماند و دوباره به اتاق برگشت. پاها باز از هم دور شدند. رفت طرف تخت و باز دراز شد و این‌بار دَمَرو. با شانه، گرده و کمری که زیر کمیِ نور فقط می‌شد حدسشان زد.

اما این همه‌ی چیزی بود که دیدم؟ بدری از روی تخت بلند شد آمد جلوی در، نگاهی انداخت و برگشت روی تخت؟ ملافه نرم‌تر از پس‌زده شدن نسُریده بود؟ لغزیدنش از زیر چانه تا روی پستان‌ها و زیر ناف، آرام‌تر از پایین کشیدن با دست نبود؟ راه رفتنش، قدم برداشتن آدم بیدار بود یا برداشته شدن بی‌اراده‌ی پنجه‌هایی که پاها را به پیش می‌برند؟ می‌شد توی خواب راه رفته باشد یا بیدار بود و فقط آمده بود ببیند من رفته‌ام یا نه.

پیش آمده بود که بروم. شب‌هایی بود که بی‌خواب شوم و بی‌این‌که بیدارش کنم زده باشم بیرون و او آمده همین را بفهمد. گرما کلافه‌اش کرده، ملافه را پس‌زده و بلند شده ببیند چرا هنوز روی این تخت‌خواب دونفره تنهاست. توی قاب در که رسیده دیده روی کاناپه نشسته‌ام. شاید حتی خواسته دکمه‌ی کولر را بزند بعد فکر کرده نه، این وحشی لُخت سرما می‌خورد. برگشته و خوابیده. همین. بقیه فقط حدس‌هایی بود که از حرکت اندامش توی کمیِ نور به ذهن می‌رسید.

صبح، پای صبحانه بهش گفتم. چیزی را که حدس می‌زدم گفتم: «توی خوابم که راه می‌ری.»

با لقمه‌ی توی دهان جواب داد: «دست وردار.»

بعد هم نیم‌نگاهی انداخت و لبخندی زد طوری که انگار بگوید شوخی‌ت گرفته، یا خودتی.

حوصله‌ی کلنجار رفتن با آدمی را نداشتم که باور نکردن توی ذاتش بود. لب را نه آرتیستی، تقه‌وار و آرام به لب‌هایش زدم یعنی «خدافظ» یا «تا بعد»، و از پشت میز صبحانه‌ای که توی آشپزخانه چیده بود بلند شدم.

گفت: «شب دور همیم. تو هم بیا.»

قبلاً گفته بود امشب دوستانش را مهمان کرده. دعوتم هم کرده بود. من هم گفته بودم حوصله‌ی سر کردن با یک مشت آدم عصا قورت داده را ندارم. حالا یادآوری می‌کرد که بدم نیاید. در را که باز کردم دوباره گفت: «اون طوری هم که تو فکر می‌کنی عصا رو قورت ندادن.»

به خنده گفت، پشت بند یادآوری‌اش، تا چکشی باشد برای محکم‌کاری که دیگر اصلاً بدم نیامده باشد. لب را دوباره از دور برایش حواله کردم که بفهمد بدم نیامده و زدم بیرون.

بدری می‌توانست تا خودِ عصر به تغییر دکوراسیون آپارتمانش مشغول شود و شب، مهمان‌ها چیدمان جدید مبل‌ها را بین اثاث جابه‌جاشده ببینند. کافی بود گوشی را بردارد به یکی از شرکت‌های خدماتی زنگ

بزند و یکی دو کارگر بخواهد تا ویترین شیشه‌ای از کنار آکواریوم برود به جای مجسمه‌ی عقابِ بال‌بازکرده و عقاب به جای ویترین شیشه‌ای کشیده شود. کتاب‌های کتابخانه‌ی چوبی چسبیده به دیوارِ هال گردگیری شوند و دوباره از روی کلفتی و باریکی‌شان چیده شوند، که این کار خودش بود. مبل‌های راحتی بروند گوشه‌ی هال و مجلسی‌ها بیایند وسط جلوی تلویزیون. این را کارگرها انجام می‌دادند و درست سر همان جایی باید می‌گذاشتند که او گفته بود. دم عصر هم خودِ خودش، و نه ربابه خانم که گاهی به خانه‌اش می‌آید تا دستی به سروگوش خانه بکشد و چیزی درست کند، حتماً حتماً خودش برای آماده کردن شام به آشپزخانه برود و من هم اگر بودم باید درگیر کف‌گیری می‌شدم که حالا نه به ته‌دیگ رسیده باشد اما حول و حوشش می‌چرخید.

موبایل را توی کوچه درآوردم و تا به خیابان برسم با «طبل مهربان» وعده کردم سرشب به دیدن نمایشنامه‌ای که رفیقِ عشق تئاترم روی صنه می‌برد برویم. روز را با ابی جایی خاکی و تپه‌ای بیرون شهر گذراندم، نه به عرق، که به پرش با یاماها چهارصدی که تازه توی قمار برده بود. سرشب به تئاتر رفتم با طبل مهربانی که دسته‌گل به‌دست آمده بود تا بعداز دیدن تئاتر به رفیقم تقدیم کند. آخر شب توی خانه‌ی طبل مهربان بودم اما ازبس پسرم پسرم بسته بود به نافم نمی‌دانستم بالاخره باید خلیفه را وارد بغداد کرد یا نه و برای این‌که از هول هلیم توی آش افتاده‌ای نباشم که دست‌از پا درازتر از خانه‌اش بیرونم کند، شدم همان پسری که او می‌خواست. پسری که همه‌ی دغدغه‌هایش را با مادرش درمیان می‌گذارد و پرهیجان از هرچیزی با او حرف می‌زند.

اسبم نشست. دست‌هایم که برای توضیح به هوا رفتند تا با پیچ‌وتابشان حرف‌هایم را بهتر بفهمانند، مهربان‌ترین لحنی را که می‌شد شنیدم: «پسرم» و دیدم همین‌جاست، سوراخ را پیدا کرده‌ام: «مهر مادری» و فرو کردم. هیجانی و با دست‌های پرپیچ‌وتاب ادامه دادم.

«تئاتر رئال که این نیست. شخصیت رئال تا می‌گه خدافظ باید بره. نه از این‌ور اتاق که می‌خواد بره اون‌ور هی به در و دیوار نگاه کنه و لفتش بده.»

تند تند حرف می‌زدم و او مدام با سر تأییدم می‌کرد. من هم که ول نمی‌کردم. دوست داشت. همین را دوست داشت که باهیجان برایش حرف بزنم. من هم که بخیل نبودم. می‌گفتم: «نه این‌که رضا سرش نشه. اما نمی‌دونم چرا این تئاتر رو این‌قد ضعیف کار کرده.»

و او تأیید می‌کرد: «آره. پیدا بود بچه‌ی باسوادیه.»

«یه میزانسن درست و حسابی توش ندیدیم. چقدر اکسسوار رو هم کلیشه‌ای چیده بودند. داد می‌زد هر شیء یه نشانه.»

هیجانم را که دید زبانی هم تأییدم کرد: «آره خیلی معلوم بود. مثل اون کُتی که از چوب‌لباسی آویزون بود.»

و دستش را طوری توی هوا تکان داد انگار چیزی را دور می‌اندازد.

حالا پابه‌پایم می‌آمد. با حرص خوردنم حرص می‌خورد و از خنده‌های طعنه‌آمیزم به نمایش می‌خندید.

گفتم: «اگه پاش بیفته موتورم رو می‌فروشم کار می‌برم رو صحنه تا به اینا بفهمونم چطوری باید تئاتر کار کرد.»

گفت: «چرا بفروشی!»

درست و حسابی شده بود مادری که تمام اتفاق‌هایی را که بچه‌اش از مدرسه، هم‌شاگردی‌ها و معلم می‌گوید با حوصله می‌شنود و همراهش تمام روز را از نو زندگی می‌کند. و چقدر دلسوزانه و بامحبت. آن‌قدر که مطمئن شدم فقط قنطوره‌ای می‌خواهد، حتی الکی تا گَزیده شود اما باید صبر می‌کردم. هنوز کمی زود بود.

صبح از خانه‌ی مهربان‌ترین طبل دنیا بیرون زدم. به ساعت موبایل نگاه کردم، تازه فهمیدم چه هچلی خورده‌ام. هنوز هشت هم نبود و این به برکت سحرخیزی مامان جان عزیزم بود که سرصبح سفره را چیده بود. کره و مربا. خامه و عسل، پنیر و چایی، شیر و کیک و مغز گردو، که موقع بیرون آمدن هم یک مشتش را ریخته بود توی جیب شلوارم. بلند گفته بود: «پاشو صبحانه.» و توی گوشم زمزمه کرد: «پسرم صبحانه حاضره.» حتی «هروقت خواستی» را هم شنیدم یا چیزی توی همین مایه.

روشنایی روز هم که توی تابستان چیزی را معلوم نمی‌کند. از همان سرصبح آفتاب توی حیاط وَکّ و وِل است و نمی‌شود فهمید حالا هشت است یا یازده. به‌خصوص زیر کولر که باشی فقط یک آفتاب ول‌شده توی حیاط می‌بینی. خریت هم که شاخ و دم ندارد، به ساعت نگاه نکردم و حالا باید تا دم ظهر سماق می‌مکیدم. به کدام کس‌خلی زنگ می‌زدم که این وقت صبح جواب بدهد، چه رسد به این‌که بیاید بیرون. باید علاف باشی تا بفهمی پلکیدن توی خیابان‌ها بی‌هیچ رفیقی در کنارت به دری‌وری گفتن یعنی چه.

راه افتادم توی پیاده‌رو. با تاکسی به کجا می‌خواستم بروم؟ خانه که کسی نبود. قهوه‌خانه هم تنهایی حال نمی‌داد. سانس سینما هم که ده‌ونیم شروع می‌شد.
واقعاً طبل مهربان حالا توی خانه چه‌کار می‌کرد؟ می‌شد برگردم. بهانه نمی‌خواست. این‌قدر صمیمی و راحت و بامحبت توی همین یک شب تر و خشکم کرده بود که حتی می‌شد بگویم چقدر زود صدایم کردی و دوباره بروم تو و باز بخوابم. اما خوابم پریده بود و حوصله‌ی خانه را نداشتم. با بدری از این هچل‌ها نمی‌خوردم. پابه‌پای خودم می‌خوابید. دم ظهر هم که از خانه‌اش بیرون می‌زدم، موبایل او هم توی دستش بود به زنگ زدن. حالا حتماً خواب بود. از دیشب تا بوق سگ با دوستان بیدار بوده و حالا روی تختش دراز به دراز افتاده.
اما این مادر دلسوز چی. حوصله‌اش سر نمی‌رفت؟ توی این خانه‌ی گل‌وگشاد با این‌همه اتاق. آپارتمان هم نبود که با یکی دو تا همسایه رفت‌وراهی کند. یک خانه‌ی قدیمی با در آهنی بزرگ حیاطش. حالاَ بگو به باغچه آب بدهد. تا کِی؟ اهل ماهواره هم نبود. داشت ولی نمی‌دید. با من که ندید. شاید بعداز آب دادن باغچه نگاهی بیندازد. اصلاً چرا به مهمانی نرفته بود. با بدری که دوست بود و توی همان دسته‌ای جا می‌شد که دیشب کلّشان توی خانه‌ی او تلپ بودند. دوستان باشعور فرهنگی. با همین دار و دسته بارها دیده بودمش. توی نمایشگاه نقاشی، جلسه‌ی شعر. یعنی خودش نرفته یا بدری دعوتش نکرده؟
«بدری جان امشب نه. نمی‌تونم. دفعه‌ی بعد حتماً.»
اگر به بدری گفته باشد با من وعده کرده چی؟ همه‌ی این دار و دسته من را با بدری دیده بودند. این آخری‌ها که همه‌جا. بدری از این زن‌هایی نبود که نگران حدس و گمان دیگران باشد. راحت معرفی می‌کرد: «بهزاد از بچه‌های تئاتره.» از همان روزی که توی جلسه‌ی شعر با رفیق تئاتری‌ام دیده بود، شده بودم یکی از بچه‌های تئاتر و همین مجوزی بود

برای با هم بودن. حالا هرکسی هر فکری می‌خواهد بکند. او که مسئول فکر و خیال مردم نیست.

طبل مهربان هم این را می‌دانست پس راحت می‌شد بگوید. با من هم که نخوابیده بود که ترس داشته باشد. من توی یک اتاق خوابیدم و او توی یکی دیگر. پس می‌شد راحت بگوید: «با همین بهزاده، کیه؟ زنگ زده بریم تئاتر.» می‌شد چیز بیشتری هم گفته باشد. «شام با بهزاد بیرونیم.» یا حتی بخواهد چیزهایی از من بفهمد: «تنهاست؟ زن نداره؟ چرا با پدر و مادرش زندگی نمی‌کنه؟» و این‌قدر مادر، که حتی به فکر تنهایی‌ام باشد: «یه دختر خوب براش سراغ دارم.»

اما بودن با این پسر تازه اصلاً می‌ارزید به مهمانی بدری نرود؟ پسری که صبح زود با یک مشت گردوی توی جیب روانه‌اش می‌کرد.

صفحه‌ی موبایل را روشن کردم. هنوز زود بود اما زنگ زدم. ابی جواب نداد. رضا داوودی دردسترس نبود. حسین میری خاموش بود. رضا بابایی هم که جواب داد گفت: «حالا کس‌خل؟»

قطع کردم. دم قهوه‌خانه بودم.

تنها بودن توی قهوه‌خانه هرچه هم حوصله‌سربر باشد باز برای فکر کردن فرصت خوبی‌ست، برای نقشه کشیدن. چیزی را به چیزی وصل کردن و چیز دیگری از آن‌ها بیرون آوردن. اما به من یکی جواب نداد. پک پشت پک بود و دود، و قل خوردن آب توی کوزه، بی‌هیچ راهی که به ذهنم برسد. به یکی از شاگردها گفتم سریِ قلیان را عوض کند. سری عوض شد و باز من شدم و آب کوزه‌ی قلیان.

عصر که باشد، شاگردها لای تخت‌ها می‌لولند. استکان‌ها ردیف می‌شوند توی سینی، روی دستی که از بالای سرها رد می‌شود. قلیان‌ها می‌آیند و دود پخش می‌شود، دور دهان‌ها، روی استکان‌های چای. کفش‌های پروپخش پایین تخت‌ها پس‌وپیش می‌شوند. در باز می‌شود تا آدم‌هایی بیایند و پشت سر آدم‌های رفته‌ای بسته می‌شود که هر آن شاید

یکی‌شان برگردد به هوای موبایلی که جاگذاشته. فندکش را کسی ندیده این دوروبر. یک کتاب همین‌جاها باید باشد.
صبحْ نیست. نه صدای چرخیدن پره‌های هواکشی، نه تلوزیونی به زرت‌وپرت. یک شاگرد فقط، گه‌گاه تابی می‌زند بین تخت‌ها تا قلیانی بیاید جلوی آدمی که از بیکاری تلپ شده اینجا به پک زدن و دود کردن تا قلیانش که کاه‌دود شد، گلو را که زد، نفسی تازه کند و فورتی از چایی بکشد بگوید: «سری» و سری عوض شود بی‌اینکه بخواهد بلند بگوید و مدام تکرار کند. سری می‌آید. راحت. ساده. بی‌هیچ دنگ و فنگی. عصرها باید محکم و بلند گفت تا صدا به صدا برسد و منتظر شد که «حالا عوض می‌شود. یک چای بخوری عوض‌شده.» قوری تمام می‌شود و هنوز سری نرسیده.
صبح صدای قل خوردن آب کوزه راحت شنیده می‌شود. صدایی نیست از آدم‌های دوروبر. پک زده می‌شود و حباب‌ها توی کوزه می‌لولند.
نی از دهان دور می‌شود و دود که از بین لب‌ها و پره‌های بینی بیرون زد، قل خوردن آب قطع می‌شود تا کی دست دوباره حوصله کند نی را به لب بیاورد.
سری عوض‌شده که تمام شد دیگر حوصله‌ی قهوه‌خانه را نداشتم. زدم بیرون. ایستادن جلوی کیوسک‌های روزنامه‌فروشی. نگاه کردن به عکس سینماها و چریدن زن‌ها، نه فقط وقت را نکشت بیشتر آن را کش داد اما آهنگ موبایلم که زده شد خوشحال شدم بالاخره آدم بیکاری پیدا شده تا ول بگردیم. و کی بود؟ بدترین کسی که می‌شد باشد، طبل مهربان. جواب ندادم و تا ظهر علاف پلکیدم بین آدم‌هایی که توی پیاده‌رو چارباغ ول بودند. طرف‌های ظهر موبایل دوباره زنگ خورد. این‌بار همانی بود که باید باشد. ابی.
گفت: «خونه‌مون خالیه. بچه‌ها میان اینجا»
دو تا چشم و آدم کور؛ معلوم است دیگر قطع نکرده توی تاکسی بودم.

تا رسیدنم چندتایی آمده بودند. چندتایی هم بعد آمدند. ناهار را زدیم. کالباس و گوجه و خیارشور با همان نان‌های تنوری سوپر سر کوچه. ماست و خیارش را هم خودم درست کردم. توی کاسه‌ای بزرگ. عرق چارلیتری هم کنار دست سیامک فخاری بود تا بریزد. نوشابهْ توی لیوان جلوی پاها بود و استکان هم در رفت و راه بین دست‌ها. مرگ می‌خواستم می‌رفتم قبرستان.

عرق‌خوری با یک مشت آدم بی‌خیال به قرو اطوار و شوخی، باحال‌ترین کار دنیا نباشد، یکی از باحال‌ترین‌هاست. استکان که سر وقت برسد، کله به اندازه داغ می‌شود. نه آن‌قدر زیاد که مستی هارَت کند نه این‌قدر کم که سرخی گونه‌ها کم شود و حرف و خنده از دهن بیفتد.

اولین خاطره‌ها همیشه از بچگی نیست، خنده‌دارترینشان است. مال هر دوره‌ای بود بود. استکان پایین می‌آید تا دهانی به گفتن باز شود. خاطره حتماً همانی نیست که بوده. کم و زیاد می‌شود. جایی از آن اصلاً گفته نمی‌شود و جایی با آب و تابْ رنگ عوض می‌کند تا جالب‌تر شود، خنده‌دارتر. همه می‌دانیم ولی بی‌خیال می‌شویم تا طرف بگوید؛ از اولین دعوا، اولین دزدی، اولین قمار. حمید داوری از اصغر دمبول می‌گوید که سه سال است نتوانسته زیدش را به خانه خالی ببرد. می‌دانیم چند ماهی بیشتر نیست اما می‌خندیم. همین که چند ماه طول کشیده یعنی شاید تا چند سال دیگر هم طول بکشد و هنوز اصغر درگیر خر کردن زیدش باشد.

استکان می‌آید و آدم‌ها کم‌کم دور و بر اتاق پخش می‌شوند. کج می‌شوند روی آرنج‌ها. دوسه‌تا دوسه‌تا پچ‌پچه می‌کنند تا باز یکی برای همه چیزی بگوید و صدای خنده توی اتاق بپیچد. بعد دوباره استکان بیاید و شانه‌ای به زمین نزدیک‌تر شود و حرف‌ها آرامتر.

همین وقت‌هاست که دیگر پچپچه حتماً از چیزی خنده‌دار نیست. می‌تواند حرفی باشد بین دوسه‌تایی که باهم جورترند. ساقی کمتر

می‌ریزد. استکان دیرتر می‌آید ولی سستی بدن، پفکی شدن گونه، سکسکه‌های نیم‌بند بیشتر می‌شود و حالاست که زبان وا شود. اما ابی نگفت. از در چوبی و پنجه‌های پسری پنج شش ساله نگفت که به زور بالا می‌آیند تا چشم‌ها از پشت شیشه‌های مربعیْ دودستی را ببیند که ملافه را روی بند پهن می‌کنند. ابی هیچ‌وقت در پچپچه‌ها نگفته. توی پرسه‌زنی‌های یکی دو نفره هم بلند می‌گفت و به خنده. توی عرق‌خوری که یا نمی‌گفت یا همان اول کار برای تمام جمع می‌گفت و باز به خنده. از کون طاقچه‌ای پیرزن و پرش‌های کوتاهش برای رسیدن به بند رخت می‌گفت و ادایش را درمی‌آورد.

حالا دیگر از وقت گفتنش گذشته. استکان به آدم‌هایی می‌رسد که یکی دوتایشان گوشه‌ای پلاس شده‌اند. دست‌هایی پس می‌زنند و صدایی شنیده می‌شود: «نه. من دیگه نه.» دستی مشت می‌کند و استکانْ بین انگشت‌ها محو می‌شود تا دوباره صدای سلامتی و نوش بیاید، کسی باز برای همه چیزی بلند بگوید، دوباره عده‌ای به حرف بیفتند و باز آرام شوند و تنها گوشه‌ای بیفتند به دستمالی کردن فکر و خیال.

بدری چی؟ گوشه‌ای افتاده به ور رفتن خیالات؟ توی همین مهمانی آخری، شده که عرق هم خورده باشند. با کسی پچ‌پچه‌ای کرده باشد از تیغ تیز جراحی و شکافتن سینه‌ی قورباغه‌ی روی میز آزمایشگاه؛ یا خودش بعد از سستی بدن، بعداز گیجی سر، شده پلاس شود کنج دیوار و تیغ را ببیند که سینه‌ی قورباغه را دوپاره می‌کند؟ شده به استکانش برسد، بریزد توی حلق و ببیند که تیغ فقط پوست را خراشیده. دوباره محکم‌تر کشیده ولی باز سینه چاک باز نکرده تا بالاخره محکم‌تر، طوری که قلب بیرون بزند.

شاید نه، شاید اصلاً نگذاشته کار به این جا بکشد. جام نصفه‌ای را گه‌گاه لبی زده و گوش کرده به حرف‌های دیگران تا ژستی بگیرد مناسب با موضوع حرف. میزبان است بالاخره باید به حرف مهمانش بها بدهد. ولی

اصلاً می‌خورد؟ توی این مدتی که با من بوده پیش نیامده بدانم می‌خورد یا نه. هوس کردم یک‌بار، یک‌بار هم که شده باهاش بنشینم به عرق. می‌خواستم رفتار پای عرقش را ببینم. بدانم از چه می‌گوید و چقدر حوصله‌ی شنیدن دارد.

توی عرق‌خوری‌هایمان زن و دختر هم هست. بعضی وقت‌ها که اصلاً نصف‌به‌نصف زن و مردند. توی مهمانی‌ها می‌خوریم و بعد رقص. اما یادم نمی‌آید یکی از این زن‌ها یا دخترها توی عرق‌خوری‌هایی که رقص نبوده و فقط حرف هست خاطره‌ای از خودش گفته باشد. همیشه می‌شنوند و چهره‌شان هم همیشه به تعجب است یا خنده. حرف هم که می‌زنند یا از شوهرشان است یا برادری، نامزد یا دوست پسرشان.

شیداست انگار که هروقت با ما عرق می‌خورَد از پدرش می‌گوید که چقدر بااسلوب، بعد از شام ویسکی‌اش را می‌خورد. سپیده از خاطره‌های دوست پسرش می‌گوید. «رضا برام تعریف کرد یه بار با جمشید» ول هم نمی‌کند. از این خاطره به آن یکی و بعدی. توی همه هم رضا هست با یکی یا چندتا از دوستاش.

می‌خواستم بفهمم توی مهمانی‌هایی که عرق هم هست بدری چه می کند. همین مهمانی آخرش که من نرفتم، اگر عرق باشد فقط نشسته و از دیگران شنیده؟ از محمود طاهری یا آن یکی کچله؟ جامش را بین انگشت‌ها با ظرافت گرفته و آرام، با متانت کامل و لبخندی شیرین، به لب گذاشته و هنوز لب تر نشده برداشته تا بگوید: «اَ، چه جالب.»

شده یک‌بار عرق را بریزد توی حلق و دستش را پایین بیاورد بلند بگوید: «سینه رو آتیش می‌زنه.»

بعد هم از خودش و مریم بگوید طوری که همه بشنوند و زمزمه‌های دوسه نفری‌شان را قطع کنند تا صدایش توی هال بپیچد و همه بزنند زیر خنده و یکی بگوید: «نه جدی دوتایی این کار رو کردین؟»

این زن پنجاه‌ساله حتماً خاطره‌های زیادی دارد اما شده توی جمع با صدای بلند از آن‌ها حرف بزند، نه در پرسه‌زنی دو سه نفره؟ چیزی بگوید و تمام. توی یک عرق‌خوری که همه می‌خواهند حرف بزنند، بزند توی حرف همه و بگوید: «یک روز، یک شب، یک ظهر...» و بگوید آن روز، شب، ظهر چه شده. اصلاً داشته یک عرق‌خوری جمعی؟

موبایل را برداشتم. می‌خواستم بفهمم. شماره گرفتم. می‌شد خیلی راحت فهمید. کافی بود بگویم: «هان چطوری؟ راستی از پریشب عرق اضافه نیاوُردی؟ با چندتا بچه‌هاییم و عرق نداریم.»

می‌شد گفت: «بیام بگیرم؟» یا اصلاً «خودت هم بیا.»

ولی این‌بار توی جمعمان هیچ زن و دختری نبود. همه «وحیدی» بودیم. بچه‌های محل.

صدای ممتد بوق آمد ولی بعدش هیچ صدایی نشنیدم که بگوید: «هان تویی».

استکان رسید. قطع کردم و ریختم توی حلق. پیک هر قدر هم کم باشد، هرقدر هم دیر برسد باز وقت‌هایی هست که دیگر نباید بخوری، بس است. اما تازه همین وقت‌هاست که مثل آب پایین می‌رود. بی‌جمع شدن لب‌ها توی هم. بی خوردن نوشابه‌ی پشتش. ساقی این‌جور وقت‌هاست که کارش سخت می‌شود. چطوری چارلیتری را ببندد وقتی هنوز چندتایی چشمشان به آن است و نشسته‌اند دورهم و پخش نشده‌اند.

عرق که مثل آب پایین رفت، نوشابه که نخواست، زبان که تلخی عرق را حس نکرد، فاتحه‌ی ساقی خوانده است. سیا گذاشت وسط گفت: «آتش به‌اختیار». مستی و راستی اگر باشد از حالا به بعد است که هست. خرده حساب‌ها همین وقت‌هاست که گفته می‌شود. «از تو انتظار نداشتم، پس تو دیگه چرا»ها. تو که رفیق منی بدمصب. بعد هم دوباره حرف است و این‌بار از قدیمی‌های وحید. جوان‌های نسل پیش‌تر از ما. جعفر از محمود داداش احمد لختی می‌گوید که توی تاریکی شب، توی

بروباغ از صدای ریخته شدن عرق توی استکان، پیک‌ها را اندازه می‌زده. اصغر ساعدی از همایون و مجتبی و احمد می‌گوید که سال پنجاه‌وچار اولین سرقت مسلحانه اصفهان را راه انداختند.
چارلیتری هنوز دارد. دست‌ها هنوز آن را برمی‌دارند و زمین می‌گذارند. حساب پیک‌ها در می‌رود. آتش به اختیار است و عرق هم که آب خوردن. کِی کله‌پا شدم نمی‌دانم. همین‌طور یادم است که شب شده بود و ما هنوز می‌خوردیم. کی‌ها پابه‌پای من آمدند یا من پابه‌پای کی‌ها نشسته بودم نمی‌دیدم. فقط عرق بود که سینه را داغ می‌کرد و حرف بود و حرف که اصلاً یادم نیست چه چیزی و به کی. صدای ابی را ولی یادم هست که انگار داشت می‌گفت: «همین‌جا بخواب.»
پیله کردنم به رفتن را یادم نیست ولی نشستن پشت موتور ابی را یادم می‌آید. شاشیدن پشت شمشادهای چارباغ را بعد ابی برایم گفت و دست‌هایم که مدام جلوی چشم‌هایش کج و راست می‌شدند تا حالی‌اش کنند کدام طرف برود. کجا بپیچد. بعد هم خود ابی بود که گفت جلوی یک در آهنی گفتی «همین‌جاس.» گفت: «تا باز شدن در و تا توی خانه رفتنت را دیدم. بعد که خیالم تخت شد تپیده‌ای توی خانه‌ی زیدت، سر خر را کج کردم طرف خانه.»
من این‌ها را اصلاً یادم نیست. فقط دوتا چشم بود و یک لب و لوچه و صدایی توی گوشم. با دست‌هایی که پیچیده شده بودند دور تنم.
دم دمه‌های صبح بود که نوازش انگشتی را روی پوست سرم حس کردم و صدا باز آرام توی گوشم پخش شد. «پسرم.» چشم باز نکردم. از صدا می‌شد فهمید که باز هچل خورده‌ام. اما گذاشتم سرم کشیده شود بین دو غده‌ی بزرگ و شل گوشتی و لب‌هایم توی چاک بین‌شان بسُرند و بروند بالا تا زیر گلو و برگردند زیر بغل. بوی عطر تند با ترشیدگی حلق خودم قاطی بود. توی همان بوهای قاطی و عرق کردگی زیر بغل گوشتی سست شدم روی شکم و پروپاهایی به پیچ‌وتاب و دوباره از حال رفتم.

داغی آفتاب پخش‌شده روی تنم بود یا فشار دست‌های پیچیده دور گُرده و کمرم که بیدارم کرد، نمی‌دانم. اما هنوز حال بلند شدن نداشتم. فقط چشم باز کردم و دیدم بین پروپاهای طبل مهربان گیر کرده‌ام. سر گرداندم و نگاهی به دور و بر انداختم. شورت، کرست و زیرپوش زنانه، شلوار و تک‌پوش و شورت خودم پخش بودند گوشه کنار. یک تشت استفراغ هم بالای سرم بود که لبه‌ی یکی از پاچه‌های شلوارم افتاده بود توی‌اش. لب‌پره‌های استفراغ تا کناره‌ی تشت آمده بود و روی فرش و جوراب‌هام ریخته بود.

صدای طبل مهربان بلند شد: «بخواب بعد تمیز می‌کنیم.»

از لای دست و پایش غلت زدم بیرون گفتم: «حمومت کجاس؟»

یک آدم عرق‌کرده بین دست و پایی چنبره زن، توی تابستان داغ، بعداز مستی، چه چیزی بهتر از دوش آب سرد سرحال می‌آورد؟ دوش گرفتم و حوله‌ی پالتویی را از قلاب رخت‌کن برداشتم و پوشیدم.

از حمام که بیرون آمدم فکر کردم حالا طبل مهربان را توی یک لباس بیا منُ بکن می‌بینم اما دیدم یک زیرشلواری پوشیده که نمی‌شد فهمید مردانه است یا زنانه. آبی یک‌دست. نه چسبان و نه گشاد. با یک بلوز یقه گرد سورمه‌ای که لبه‌اش روی شلوار افتاده بود.

گفت: «لباسات رو انداختم تو رختشوری. خشک شده بیرون می‌ده.»

گفتم: «مزاحمت شدما.»

از توی یکی از اتاق‌ها سشوار آورد گفت: «سرت رو خشک کن.»

خشک کردن سر همان و تمام روز را آن‌جا تلپ شدن به وراجی، ناهار خوردن و تلویزیون دیدن و سرک توی کتاب‌هایش کشیدن همان.

تمام روز طوری رفتار کرد انگار نه انگار که دیشبی هم بوده. رختخوابی. غلت زدنی. چیزی. شاید هم روش نمی‌شد و منتظر بود که من شروع کنم. بالاخره خر که نبود. فهمیده بود دیشب مست بودم. حالا که نیستم. خب هر کاری مقدمه‌ای می‌خواهد. بد هم نبود. این‌طوری می‌شد راحت

ناهار را خورد و حرف را هرجا که خواست کشید و از هرچیزی که به درد بخورد پرسید. اما نپرسیدم. فکرش را کردم که بپرسم چرا مهمانی بدری را نرفته. اصلاً می‌دانسته یا نه. بپرسم این یارو، محمود کیه. چقدر با شماها قاطیه. با تو، با بدری. نقاشی سرش می‌شود یا فقط ادعا دارد. نپرسیدم. حتی حرف را هم به آن‌جا نکشاندم. فایده‌ای نداشت. دانستن این چیزها مال وقتی بود که می‌خواستم از زندگی بدری و دوروبری‌ها بیشتر بدانم تا یک دروغ مشتی سر هم کنم که توی کَتش برود ولی بدری که خر شدنی نبود. من هم دیگر اصلاً حوصله‌اش را نداشتم.

گذاشتم تا او بگوید و گفت. از بچه‌هایش. یکی یکی. و از شوهرش که یک‌هو ناغافل ورپرید. «ورپرید» را طوری گفت که انگار مادری از بچه‌اش بگوید. بعد هم از عروس و دامادش که بچه‌ها را دزدیدند و بردند که بردند. یک آه ناله‌ی تمام عیار. بی‌هیچ لوس کردنی برای مردی که دیشب را با مادرش به جفتک و چارکُش بوده و صبح پاباز کردن و بستنی کوتاه تا طرف را محک بزند که بالاخره شروع می‌کند یا نه.

از کتاب‌ها هم گفت که این یکی را کی بهش هدیه داده و آن یکی را کی. و این یکی را خودم خریدمش جالب است. ببین. و گفت و گفت تا خودش حرف را کشاند به بدری که پریشب خانه‌اش بودند اما یک کلمه هم به او نگفته است و «راستی تو هم که نرفتی. با تو که خوب همه‌جا می رود. به تو چرا نگفته.»

زورچپان هل دادم توی مخش که نه بابا با من هم این‌طورها که بقیه فکر می‌کنند خیلی قاطی نیست. اما همین‌جا بود که عشوه کردنش را شروع کرد. نه زیاد. فقط یک لبخند کوتاه که آمد و رفت و تمام. تمام روز با همین چرت‌وپرت‌ها گذشت.

دم‌دمه‌های غروب لباس پوشیده و مرتب رفتم توی حیاط به کفش پوشیدن که دیدم بَه، اینجا هم که لکه‌های استفراغ پخش است. قد که

راست کردم از خانه بزنم بیرون، رودرباسی را کنار گذاشت آمد و یک لب مشتی گرفت گفت: «شب که میای؟»

گفتم: «نه بابا. هرشب هرشب که نمی‌شه ولو بود خونه‌ی مردم.»

گفت: «زورت نمی‌کنم. دوست داشتی بیا.»

از خانه که بیرون آمدم به اولین چیزی که نگاه کردم موبایل بود. نه، هنوز یک تماس هم از بدری نداشتم. دیروز بهش زنگ زده بودم. نه جواب داده بود نه بعدش زنگ زده بود بگوید تو دستشویی، جلسه‌ای جایی بوده و نمی‌شده جواب بدهد.

گفتم کون لقش و زنگ زدم به چندتا از بچه‌ها تا شبی‌ئه ول شویم کف شهر و شدیم. اول توی قهوه‌خانه و بعد گل کوچیک زیر نور تیربرق‌های جلوی پادگان فرح‌آباد. بعد هم رفتیم خانه‌ی من و نشستیم به دیدن ماهواره و ورق‌بازی و دری وری گفتن.

دم صبح خوابیدیم تا نزدیکی‌های عصر. عصر دوباره به موبایل نگاه کردم. سه تماس بی‌پاسخ بود. دوتا از طبل مهربان و یکی از رضا بابایی. به رضا زنگ زدم. گفت شب بریم عروسی پسر دایی‌اش که رفتیم و باز مست کردیم و رقصیدیم و آخرشب هم رفتیم خانه‌ی رضا که خالی بود و بابا ننه‌ش مانده بودند همان‌جا. هرکدام یک طرف ولو شدیم. اما فرداش خواب و بیدار بودم که موبایل زنگ خورد. حتماً باز طبل مهربان بود. ملافه را کشیدم روی صورتم و رفتم به هپروت.

گشنگی که بیدارم کرد دیدم دوباره موبایل زنگ خورد. خودش بود. بدری. برداشتم گفتم: «هان؟»

گفت: «نریم کوه جمعه‌ای‌ئه؟»

گفتم: «جمعه‌اس؟»

گفت: «آره.»

گفتم: «کوه رو ول کن امروز.»

گفت: «خره بریم باحاله.»

گفتم: «شب کجایی؟»

گفت: «تو بیا کوه. شب هم هرجا خواستی می‌ریم.»

گفتم: «بابا اینجا گیرم. شبی کجایی؟»

گفت: «کجا باشم خوبه؟»

گفتم: «خونه. منم میام.»

گفت: «دیر نکنی. حوصله‌ی علافی ندارم.»

شب رفتم. با یک بطر عرق کشمش.

توی یک بلوز شلوار طوسی ورزشی در را باز کرد. پیدا بود تا همان‌وقت به جفتک انداختن بوده تا آخرین ذره‌های چربی را هم به‌درک بفرستد. گفت: «این چیه؟» و به بطری دستم اشاره کرد.

بطری را گذاشتم توی یخچال و به طبقه‌ها نگاه کردم ببینم خبری از خیار و ماست هست یا نه. ماست بود. گفتم حالا میام. و پریدم از میوه‌فروشی سر کوچه‌شان خیار را خریدم. برگشتم هنوز داشت بالا و پایین می‌پرید.

گفت: «یه دوش می‌گیرم میام.»

دستش را کشیدم گفتم: «ول کن بابا.»

گفت: «عرق کردم.»

داشت، نه زیاد. روی پیشانی و گونه‌ها چند قطره‌ای بود. بعضی قطره‌هایش هم می‌آمد روی صورت که موهای سیاه دورش پخش بود.

گفتم: «جون تو این‌طوری خیلی باحال شدی.»

گفت: «پس لباس عوض کنم بو نگیرم.» و این یعنی جاهای دیگر هم بود. زیر بغل، لای پستان‌ها.

گفتم: «نمی‌گیری. همین خوبه.»

خوب بود. یک بلوز شلوار ورزشی راحت که قمبل‌نما بود نه شق کن. شده بود آدمی که می‌شد باهاش نشست به عرق و هی زُل نزد به نوک پستانی که از زیر پارچه‌ای نازک و تنگ دست را طرف خودش می‌کشاند.

بدری

گفتم: «به‌جای این کارا برو منقل و ذغال رو جور کن.»

گفت: «تریاک؟»

خندیدم: «نه بابا می‌خوام جوجه کباب کنم.»

گفت: «گازْ کباب‌پز داره»

حالیش کردم دوست دارم روی منقل درست کنم. نداشت. نه منقل نه ذغال، اما گرفت. از همسایه‌ی بالایی گرفت.

مرغ که یخ باز کرد تازه نگاهم به دور و بر اتاق افتاد. همه‌چیز سرجایش بود. نه مبل‌ها پس‌وپیش شده بودند نه ویترین شیشه‌ای جایش را داده بود به عقاب بال باز کرده.

گفتم: «مهمونی چطور بود؟»

گفت: «بد نبود. تو که نیومدی.»

و تا مرغ تکه‌تکه شود و توی پیاز و آبلیمو غلت بخورد و به سیخ برود، از اسفندیاری گفت که چه صدای گرمی دارد و حیف که ساز نبود. و این که یک روز باید برویم باغشان، با ساز. از منیژه که یک ترانه نوشته اما نمی‌داند کسی را پیدا می‌کند بتواند درست و حسابی بخواند یا نه.

بعد هم که پرسیدم خب حالا کی‌ها آمده بودند گفت: «محمود و منیژه، رضوان، طاهری، اسفندیاری.» و هنوز داشت پشت هم اسم ردیف می‌کرد که منقل را بردم روی تراس و گفتم «سیخ‌های جوجه را بیار بیرون.»

ذغال که سرخ شد سیخ‌ها را چیدم و گفتم تا تو آرام بچرخانی من بقیه‌ی کارها را می‌کنم. بعد هم رفتم یک سینی بزرگ از آشپزخانه آوردم گذاشتم وسط هال. سفره را هم چندلا و کوچک پهن کردم کنار سینی. حالا مانده بود درست کردن ماست و خیار. کاری که همیشه خودم می‌کنم. یک کار باحوصله انجام بدهم همین است. باید اول خیار را پوست کند. بعد، نه رنده‌اش کرد که آبش راه بیفتد توی ماست و نه تکه‌های خیار توی چشم بیاید. فقط باید با کارد به سر خیار ضربه زد طوری‌که از بالا چاک‌چاک شود و مدام قسمت چاک‌خورده را برید تا

۶۸

ریزه‌های خیار توی ماست پخش شود. بعد نمک زدن و آخر سر هم خیلی کم آب‌لیمو تا هاری عرق را بگیرد و زمان داغی سر را تا مستی کامل کش بدهد. فقط باید مراقب بود زیاد نشود که زیر دل بزند و با خوردن چند استکان بیفتیم به استفراغ.

ماست و خیار که جور شد گذاشتم توی سفره و یک قاشق هم کنارش. دو تا استکان هم دو طرف سفره. حالا نوبت نان بود که اندازه یکی یک کف دست داشتیم، گذاشتم و رفتم روی تراس.

گفت: «نیم‌پزه هنوز.»

گفتم: «همین‌جوری خوبه.»

و منقل را با سیخ‌های جوجه‌ی روی آن برداشتم و قبل‌از اینکه بتواند چیزی بگوید گذاشتم توی سینی. خودش هم حرفی نداشت یا نمی‌خواست سربه‌سرم بگذارد نمی‌دانم. دنبالم آمد توی هال. گفتم: «روی منقل بمونه به هوای خودش آروم آروم می‌پزه.»

حالا فقط باید بطری را از توی یخچال می‌آوردم. اما هنوز یک چیز کم بود. شلواری که بشود راحت نشست. بی‌خفت‌افتادگی کنار خایه‌ها که هی دست برود برای جاانداختنش. بلند شدم شلوار کردی خدابیامرز را پوشیدم. شلواری که همان شب اولی که به خانه‌اش آمده بودم مال من شده بود و جایش توی کشوی پایینی کمد اتاق خواب بود.

از خفت افتادن شلوار لی تنگ که راحت شدم، بطری را آوردم گذاشتم توی سفره.

گفت: «من که نمی‌خورم.»

یعنی بدتر از این نمی‌شد.

گفتم: «تا حالا نخوردی؟»

گفت: «نه.»

گفتم: «دوست دارم دوتایی بشینیم پابه‌پای هم.»

گفت: «خب بریز اما کم. خیلی کم.»

و نشستیم دوتایی تا بریزیم. کم، خیلی کم ریختم. نصفه کمتر.
گفت: «کمتر. همون ته استکان خیس بشه.»
اما استکان را که برداشت آرام لب نزد تا مزمزه کند. ریخت توی حلق. نگاهش کردم خندید. دوباره فیلمم کرده بود.
گفتم: «حرومزادگی ازت زوره.»
تازگی‌ها با هم خیلی راحت‌تر از قبل حرف می‌زدیم. اما دفعه‌ی اول بود که به این راحتی فحشش می‌دادم. بدش نیامد. ماست و خیار را مزه کرد و گفت: «نه خره حال داد. خیلی حال داد.»
گفتم: «مدام می‌خوری؟»
گفت: «مدام نه. اما می‌خورم.»
بعد هم گفت: «پس خودت.»
ریختم توی استکانم گفتم: «خودمون.»
خوردم و یک پر جوجه را از سیخ بیرون کشیدم و گذاشتم توی دهان. هنوز درست نپخته بود اما نم عرق را از روی زبانم جمع کرد و تلخ پایین رفت. ماست و خیار را که مزه کردم تنبلی هم رفت. سیخ‌ها را چرخاندم و آرام باد زدم تا سرخی زغال‌ها کم نشود و دوباره منقل را به حال خودش ول کردم.
استکان اول فقط تلخی دهان است و داغی سینه. هنوز زود است برای داغی سر. باید صبر کرد، چیزی گفت. حرفی از هرجا تا بین پیک‌ها فاصله بیفتد و عرق‌خوری کش بیاید، ذره ذره پیش برود. برای همین است که زود جوجه را نمی‌پزند. می‌گذارند تا خودش روی زغال برشته شود. باد را به ناف منقل نمی‌بندند که جوجه جزغاله بیاید روی نان. زغال فقط گاهی باد آرامی بخورد تا از سرخی نیفتد. بعد که جوجه پخت، دیگر باد هم نمی‌زنند. زغال سفید هم بشود باز جوجه را گرم نگه می‌دارد، آب‌دار تا پابه‌پای پیک‌ها توی دهان برود. وقتی جوجه‌ی داغ را زیر دندان می‌گذاری و می‌جوی، به رشته‌های گوشت خردشده‌ی لای

دندان ور می‌روی و آخرین ذره‌ها را پایین می‌دهی. حالاست که مزه‌ی عرق، یعنی همان یک قاشق‌چی ماست خیار، می‌چسبد تا باز چیزی بگویی و با زبان به گوشت‌های لای دندان ور بروی. بینِ چند پیک اول را کوتاه گذاشتم. تا داغی سر باید می‌ریختم، نه خیلی زود، اما دیر هم نه که حرف گل نیندازد. بعد که کله داغ شد، دیگر دیر هم می‌ریختم ریخته بودم. پیک دوم باز هم نصفه کمتر پُر. وقت داشتیم تا صبح. اصلاً به این هم فکر نکردم که پیک‌ها را سنگین کنم. خورد و ماست و خیار را چاشنی‌اش کرد. من هم خوردم ولی سراغ جوجه نرفتم. هنوز می‌خواست تا بپزد. ماست و خیار را مزه کردم و گفتم: «حالا زنگ می‌زنم جواب نمی‌دی.»

گفت: «کِی؟»

گفتم: «یعنی نفهمیدی؟»

گفت: «خب کِی؟»

گفتم: «ول کن.»

گفت: «پخت؟»

گفتم: «عجله نکن.»

گفت: «کیشمیشه؟» به بطری اشاره کرد.

گفتم: «دیرتر از خرما می‌گیره اما دیرتر هم ول می‌کنه. خیلی دیرتر.»

گفت: «سردرد هم نمیاره.»

چرخی به سیخ‌ها دادم. داشت خوش‌رنگ‌تر می‌شد. طلایی‌تر.

گفتم: «چند روز پیش زدم. پای عرق بودیم با بچه‌ها. هوس کردم بهت زنگ بزنم.»

گفت: «چندتا داری که قاطی می‌کنی ناکس؟»

گفتم: «قالتاق‌تر از تو هیچی.»

گفت: «از خودت چی؟»

گفتم: «من و قالتاقی؟»

گفت: «نمی‌ریزی؟»
ریختم و توی هر دو استکان. نصفه کم‌تر پر.
برداشت و من هم برداشتم. خوردیم و گذاشتیم زمین. پر جوجه‌ای از سیخ بیرون کشیدم گفتم: «ببین چطوره؟»
اول قاشق ماست را توی دهان گذاشت و بعد جوجه را گاز زد.
گفت: «یه ذره دیگه می‌خواد.»
ماست و خیار را مزه کردم. گفتم: «شبا این در رو ببند.»
و به دری که به تراس می‌خورد اشاره کردم. بعداً پرسید چرا. نه زود. خیلی بعدش پرسید. وقتی که جوجه‌ها پخته شده بود و پیک بعدی را خورده بودیم و داغی سر آمده بود.
گفت: «چرا؟ می‌ترسی پرت شم؟»
پرسیدم: «پرت؟ چرا؟»
گفت: «تو گفتی.»
گفتم: «می‌خوری؟»
گفت: «بریز.»
ریختم و خوردیم. او باز اول ماست و خیار را مزه کرد و بعد جوجه. من اول جوجه را برداشتم تا مزه‌ی بد عرق توی ذوقم نزند و بعد ماست و خیار تا خنکی‌اش میل به عرق را نگه‌دارد. توی مزه کردن ماست و خیار بود که فهمیدم چرا پرسیده. پس بالاخره این آدم چیزی را باور کرد. شاید هم نه. شک کرده بود و می‌خواست مطمئن شود. همین هم بد نبود. به او نگاه کردم. همین‌طوری گفته بودم و بیشتر می‌خواستم گربه‌ای به هوای بوی مرغ نیاید تو اما نگفتم چرا. حالا که چیزی فکرش را مشغول کرده تا کمی از دنیای عادت‌شده‌اش فاصله بگیرد، مگر خر بودم بگویم به‌خاطر گربه بوده. حالا چیزی داشتم که مایه‌ی دلخوشی‌ام بود. خوابگردی. اما چطور باید ازش استفاده می‌کردم تا این آدم را به دنیای دروغی ببرد که می‌خواستم. آن هم این آدم که بعد از شبی به

عرق نشستن، بهش نزدیک‌تر شده بودم اما گیج‌تر هم بودم. نه. نمی‌شد گفت از این دسته زن‌هاست یا آن دسته. روزهای اول آشنایی می‌شود یکی را ببینیم و هُلش بدهیم توی قالب‌های همیشگی‌مان. از طرز لباس پوشیدن، نوع راه رفتن، شکل حرف زدن، مطمئن می‌شویم که مو لای درزش نمی‌رود. اما بیشتر که قاطی می‌شویم می‌بینیم جور نیست. با هیچ‌کدام از قالب‌ها. بدری هم جور نبود. حالا نمی‌توانستم بگویم زن نفهمی‌ست که به عقلش نرسیده از شوهرش بپرسد خب چرا فقط همین تابلو را می‌گذاری توی اتاق خواب، یا آدم باریک‌بینی ست که نمی‌خواسته چیزی را که شاید شوهرش هم دلیل روشنی برایش نداشته بپرسد.

این تنها شبی نبود که با هم نشستیم به عرق. بعد از آن باز هم نشستیم. نه هرشب. چند شبی یک‌بار. می‌خوردیم و می‌گفتیم. از هرچیزی. بعد هم چراغ را خاموش می‌کردیم و می‌خوابیدیم. همان‌جا توی هال سفره را می‌کشیدیم یک طرف و سرمان را می‌گذاشتیم روی پشتی‌هایی که کنارمان بود تا لم بدهیم.

سرم که روی پشتی می‌رفت با صدای نفسش خوابم می‌برد. صدایی که نمی‌شد گفت نفس کشیدن است یا خروپف. هوای بیرون‌زده از گلو اول تقه‌ای می‌زد به سق تا صدای «قه»، یک قه کوتاه بدهد. بعد صدای «هی» کش می‌آمد و آرام از دهانی که نه بسته بود و نه باز بیرون می‌زد. چشم‌هایم که بسته می‌شدند صدای نفس‌های او بود و کرختی بدن. صدا وسوسه‌ام می‌کرد تا از زیر پلکی وِل روی سیاهی چشم نگاهش کنم. اما از لای مژه‌های لولیده توی هم تنها می‌توانستم شبحی از هیکلش را توی مرز تاریکی و نور کمِ تیربرق کوچه ببینم، دراز یا جمع‌شده به پهلو. شبحِ هیکلی که با لرزش مژه‌هایم می‌لرزید، پس و پیش می‌شد و از شکلی به شکلی دیگر درمی‌آمد.

همان‌وقت‌ها بود که شک می‌کردم حالاست بلند شود به راه رفتن ولی همان‌طور خواب می‌ماند و صدای نفسش با تقه‌ای که به سق می‌زد آرام از بین لب‌ها کش می‌آمد آن‌قدر که مژه‌هایم باز توی هم فرو می‌رفتند و خوابم می‌برد.

بیدار که می‌شدم هنوز کنارم بود. نه با آن صدای نفسِ بلند. بی‌صدا. آفتاب روی هیکلش پهن بود. غلت می‌زد طرف سایه یا بازویش را می‌گذاشت روی چشم‌ها. می‌غلتیدم دستم را می‌انداختم دور کمرش و می‌کشیدم توی آفتاب یا بازویش را از روی چشم‌ها برمی‌داشتم.

می‌گفت: «هان»، با صدای خواب بیدار. چیزی نمی‌گفتم. دُور بعد خوابمان تازه رسیده بود. خواب نه. چیزی بین فکر بلند شدن و میل به خوابیدن. کشی به بدن می‌دادیم. غلتی می‌زدیم ولی حالا کو تا بلند شدن. هنوز سایه بود و می‌شد طرفش تابید. تا آفتاب به پایه‌ی مبل‌ها برسد و روی صورتمان بیاید کیف خوابیدن بود. اما چیزی که بلندمان می‌کرد آفتاب نبود. شاش بود. خب، وقت‌هایی هم بود که شاش زود سراغمان نمی‌آمد و می‌شد روی هم غلتی بزنیم. حالی به حولی بکنیم بعد سست شویم روی زمین تا آفتاب هم کاری از دستش برنیاید. ولی بالاخره شاش از راه می‌رسید و این یکی را هیچ کاریش نمی‌شد کرد.

شاشیدن کیف خودش را دارد. حس جریان داشتن مایعی رونده توی مجرایی تنگ و فواره زدنش از سوراخی ریز حال می‌دهد. نگاه به خم کمان شاشِ اوج گرفته و قطره‌ها بعداز برخورد به کاسه‌ی توالت جالب هم نباشد حال می‌دهد. کافی‌ست فکر نکنی قطره‌های شاش است تا حتی از خنکی ریزقطره‌هایی که به پا می‌خورند مورموری دلپذیر داشته باشی. این که می‌دانی قطره‌ها از آبشاری نیستند که کنارش ایستاده‌ای به چندشت می‌اندازد. شاش قطع می‌شود اما مطمئنی که هنوز هست. آرامش‌ات به حد اعلا نرسیده، پس هستند قطره‌های جامانده‌ای که باید بیرون ریخته شوند. فقط باید شکم را سفت کنی تا بیضه‌های شل‌شده

جمع شوند، بعد هوا را از توی سینه بیندازی توی شکم تا بیضه‌ها دوباره شل شوند و آن چند قطره هم بریزند. حالاست که سبکی را نه فقط در بیضه که همه جای تنت حس می‌کنی.

از توالت که بیرون آمدم صبحانه را روی میز چیده بود. نان و پنیر و گردو با چای و یک لیوان قهوه برای خودش. موهایش را پشت سر بسته بود، چارزانو روی صندلی پشت میز نشسته بود و لقمه‌اش را می‌جوید. صندلی کنارش را عقب کشیدم و نشستم. گفتم: «شاشیدنم حالی می‌ده.»

گفت: «خره صبحانه می‌خوریم.»

گفتم: «نه، گوش کن.» و شروع کردم به گفتن. زد توی حرفم که «خفه می‌شی یا نه.» لحنش ناز و ادای زنی نبود که می‌خواهد کلاس بگذارد. لحن زنی عصبانی هم نبود که فکر کند به مقامش، حضورش یا حس شایسته بودنش برای دوست داشته شدن توهین شده. به خنده گفت. اما طوری که بفهمم دوست ندارد پای غذا چیزی به چندشش بیندازد. بی‌هیچ حس کوچک شدن یا ادا اطوار آدم‌های باکلاس. همین رفتارش بود که نمی‌گذاشت مثل بقیه‌ی زن‌هایی ببینمش که فقط به درد ستایش کردن می‌خورند و تیغیده شدن.

از کِی این را فهمیدم نمی‌دانم. شاید همان روزهای اول هم توی رفتارش حس کرده بودم. نه به این وضوح ولی حالا که فکر می‌کنم، حتماً چیزی توی لحن حرف زدن، نوع نگاه یا حتی پیچ‌وتابی که زیر دست و پایم می‌خورد بود که فکر کردم به این آدم و نه هیچ‌کدام از زن‌هایی که تور می‌کردم، به همین یکی دروغی متفاوت بگویم. اصلاً شاید خودش باعث شده بود تا بخواهم این دروغ را بسازم و نقاشی زمین مسی فقط بهانه‌ای بود تا این خواسته از ته ذهنم بیرون بزند. جداً همین بود؟ یا این فکرها فقط پیچاندن خودمان است. خب با هرکس دیگری هم همین‌قدر قاطی می‌شدم دیگر زرتی از چیزی بدش نمی‌آمد. من که با هیچ‌کدامشان نه

به پرسه‌زنی شبانه رفته بودم نه کوه‌گردی و نه عرق‌خوری. حالا درست که گاهی با یکی دوتاشان لبی تر کرده بودم اما اینکه بنشینم به عرق مثل دو رفیق پابه‌پای هم نه. هیچ‌وقت.

آدم که مدام با یکی باشد دغدغه‌های اول آشنایی را ندارد تا هی سبک‌سنگین کند و از چیزی بدش بیاید. دیگر خودش است، خود خودش. خودت که شدی تازه جزئیات رو می‌شود. مثل بدری که تازه حالا پیچیدگی‌هایش برایم رو می‌شد. پیش‌تر فقط یکی بود مثل بقیه. همان عنتری که فقط ادای فهمیدن را درمی‌آورد و هیچ چیزی از تَرَک‌ها، از سرخی افق و مسی پهن‌شده توی کویر نمی‌فهمید. اما چرا می‌خواستم این آدم را مجبور کنم تا ببیند و بفهمد که واقعیت جورهای دیگری هم دارد، غیرمعمول‌تر. چرا می‌خواستم او، و نه هیچ خر دیگری این را بفهمد. و تازه چرا فکر می‌کردم باید بتواند این واقعیت غیرمعمول را از دیدن یک زمین مسی و نه چیز پررمز و راز دیگری بفهمد.

این سؤال‌ها بود. خب نه آن‌قدر که مدام بهشان فکر کنم. فقط گاهی می‌آمد و می‌رفت. گاهی که استکانش را برمی‌داشت یا به چیزی بی‌هوا می‌خندید. خنده‌های بی‌هوایی که توی هر جمعی می‌زد. توی نمایشگاه نقاشی، سالن انتظار شعر یا تئاتر. بی‌هیچ ابایی از پخش شدن صدایش. یک بی‌خیالیِ راحت. و همین بی‌خیالیْ عصر که می‌شد بلندم می‌کرد.

«خب دیگه کوه منتظرمونه.»

حالا او بود که وادارم می‌کرد راه بیفتم. می‌گفت «حتماً که نباید جمعه باشه» و حتماً هم جمعه نبود. دیگر حالا حتماً جمعه نبود.

می‌رفتیم بالا، تا نوکِ نوک. پشت یکی از سنگ‌ها بطری را از کوله‌اش بیرون می‌کشید. می‌گفت: «هوس کردم توی کوه بخوریم.»

می‌خوردیم و بین سایه‌ها راه می‌افتادیم. سایه‌ی تخته‌سنگی افتاده روی بوته‌ی خار، یا سایه‌ی بوته‌ای خار بین چاک دوپایی که خودشان سایه‌هایی می‌ساختند روی سنگ پایین‌تر. گاهی که روی یکی از این

سایه‌ها می‌ایستاد و به اطراف نگاه می‌کرد مطمئن می‌شدم این آدم می‌بیند. تمام پشت و پسله‌های کوه را می‌بیند. حتی از این‌جا هم که پیدا نباشد. حتماً می‌دید که توی پایین آمدن می‌ایستاد به پشت سر نگاه می‌کرد. به بالا، به نوک قله و می‌گفت: «چه سکوتی.» اما نمی‌شد حدس مطمئنی هم زد. یعنی زنی پابه‌سن گذاشته بود که برای عیش کردن با خروسی بیست سال جوانتر از خودش له‌له می‌زد؟ بدری هنوز هیکلش روی فرم بود و چهره‌اش خواستنی. به هرکسی بگوید سلام طرف با کله جواب می‌داد علیک. این تنها چیزی نبود که نمی‌شد درباره‌اش حدس زد. چیزهای خیلی بیشتری هم بود. مثلاً یک زن تجملی‌ست، از آن‌ها که دورتادورشان پر از اجناس لوکس و عتیقه است تا بین آن‌ها حس بودن بکند. یا نه، گاهی چیزی می‌دید و خوشش می‌آمد. خب پول که هست، خوشش هم که آمده، چرا نخرد.

هیچ‌وقت پاپیچم نمی‌شد کجا بودم. چرا چند روزی‌ست زنگش نزدم. رفته بودم سراغش رفته بودم، نرفته بودم هم کون لق‌ام نرفته‌ام. خب گاهی تک‌پوشی چیزی برایم هدیه می‌گرفت اما از کجا معلوم که می‌خواست خودش را عزیز کند؟ شاید فقط دوست داشت توی آن ببیندم. چیزی که اصلاً نمی‌شد درباره‌اش گفت این بود که دنبال جلب توجه است یا نه. این یکی را اصلاً نمی‌توانستم حدس بزنم. وقت‌هایی بود که می‌دیدم با پیچ و تابی که به دستش می‌داد بین آدم‌ها حرف می‌زند. خوب که میخ می‌شدم می‌دیدم نمی‌فهمم خود موضوع این‌طور هیجان‌زده‌اش کرده یا فقط یک‌جور بازیگری‌ست تا دیگران فکر کنند چقدر باهوشه، چقدر ریزبینه.

لباس پوشیدنش هم قابل پیش‌بینی نبود. توی سالن‌های تئاتر یا نمایشگاه‌های نقاشی یا هرجای دیگری نمی‌شد حدس زد با یک لباس شیک می‌آید یا مانتو شلواری ساده. توی خانه هم که نگو؛ من توی هر لباسی که می‌شد دیده بودمش. از بیا منُ بکن تا زیرشلواری خط‌دار

مردانه. این یکی را این آخری‌ها پوشید و کم. شاید همان یک شب. من هم نفهمیدم عمداً پوشید تا حالی‌ام کند حوصله‌ی سکس ندارد یا فقط می‌خواست راحت باشد. یا چون اولین چیزی بود که دم دستش آمده بود. و اصلاً این زیرشلواری آن‌جا چه‌کار می‌کرد.

اما مهم‌ترین چیزی که باید حدس می‌زدم این‌ها نبود. می‌خواستم بفهمم تا چه حد با دنیای اطرافش عجین شده. تا کجا این زندگی روزمره دورش را گرفته. این دنیای شناخته‌شده‌ی معمولی چقدر در باورهایش نفوذ کرده. مثلاً اگر می‌گفتم پیرزنی توی این دنیای واقعی، خیلی خیلی واقعی، شب می‌خوابد و صبح که بلند می‌شود تمام رخت‌هایش را شسته‌شده روی بند می‌بیند بی‌اینکه بداند کی آن‌ها را شسته چه می‌گفت. اصلاً توی کَتش می‌رفت؟ حالا شاید می‌رفت. حالا که به خوابگردی‌های شبانه‌ی خودش شک کرده بود می‌شد. می‌شد بگوید خوب حتماً از این آدم‌های خوابگرد بوده. داریم، حتی رانندگی هم می‌کنند. پیش‌تر اصلاً چیزی مثل این را باور می‌کرد؟ یا می‌گفت: «دوباره کس‌شعر گفتی؟» شاید هم می‌گفت: «از این دست دیوونه‌ها زیادن.» ولی حالا شاید رخت‌های پهن‌شده‌ی روی بند را هم می‌دید و دست‌های لرزان پیرزن را به صاف کردن پیراهنی. یا می‌گفت: «خب تنهایی فکر و خیال میاره دیگه.» حالا شک داشت نکند خودش هم یکی از این خوابگردهاست. فکر هم می‌کرد اگر یکی از همین شب‌ها که تنهاست توی خواب راه بیفتد چطور می‌شود. شاید برای همین بود که کلید خانه‌اش را به من داد. من که نفهمیدم برای دلهره‌هایش کلید را داده یا فقط چون حسابی قاطی شده بودیم و بیشتر شب‌ها خانه‌اش می‌رفتم داده بود تا اگر شبی زودتر از او رفتم بروم تو. شده بود حتی این آخرها که دیر بروم. خیلی دیر. زنگ بزنم و او خواب باشد. بعد یا او از خواب بیدار می‌شد یا من سر خر را کج می‌کردم طرف جایی دیگر.

می‌شد برای همه‌ی اینها باشد که کلید را داده بود. حالا دیگر می‌دانستم از بدری چیز زیادی دستگیرم نمی‌شود.
ولی یک چیز را قطعاً فهمیده بودم. با او می‌شد به عرق‌خوری نشست و از همه چیز گفت بدون این‌که بی‌هوا و چکشی بخندد یعنی «وخی بابا جمعش کن.» بدری عرق‌خوری دونفره را تجربه کرده بود. حرف زدن دو آدم پای عرق‌خوری فرق می‌کند با پرگویی آدم‌های منقلی. حرف زدنِ دو آدم پای استکان عرق، با حرف زدن توی یک جمع عرق‌خوری هم فرق دارد. باید این لحظه را گذراند و نشست با کسی و استکان را توی دستش دید تا فهمید که عرق به کلمه‌ها و لحن گفتن‌شان حرمت می‌دهد. حتی اگر چیزی باشد که فقط به درد خندیدن بخورد. حتی اگر دروغ باشد. دروغ محض. استکان را که ببینی چطور به دهان می‌رسد و جدا می‌شود می‌فهمی چرا دو هم‌پیکی که نشسته‌اند به عرق، این لحظه را، این حرف‌ها را ماندگار می‌دانند. بدری می‌فهمید. این لحظه را گذرانده بود. با کی نمی‌دانستم اما از نگاهش، از بلند کردن استکانش پیدا بود که گذرانده و همین بود که برایش از عرق‌خوری‌های دونفره‌ام گفتم. و اول هم از ماندگارترین‌اش، با علی‌آقا داوری.
با حوصله‌ی تمام از علی‌آقا گفتم. از اسمش که از همان روز تولد گذاشته بودند علی‌آقا و آقا جزو اسمش شده بود و این‌قدر هم طبیعی که همه توی محل صدایش می‌زدند «علی‌آقا»، حتی صمیمی‌ترین رفقایش. و گفتم که ده سال از من بزرگتر بود و داداشِ حمید بود که با من هم‌سن و رفیق بود. می‌ریختیم. می‌خوردیم و من باز می‌گفتم. همه‌چیز را. هرچیزی که فکر می‌کردم شاید توی ذهنش سؤال باشد. گفتم بچه که باشیم ده سال زیاد است. یک بچه‌ی ده ساله خیلی از آدم بیست ساله دور است اما بیست ساله که شدی دیگر یکی از جوان‌های محلی. فصل دعوا و قمار و عرق‌خوردن‌ات رسیده. باهاشان قاطی می‌شوی. پای قمار هم که همه را می‌شود دید، از جوان تا پیرمرد. به‌خصوص با علی‌آقا که

همسایه هم بودیم و گاهی پای قمار می‌دیدمش و بالاخره یک روز باهاش نشستم به عرق.

همه را گفتم. هرچیزی را که می‌خواستم بدری از علی‌آقا بداند. او با حوصله گوش می‌کرد. می‌گفت سلامتی، می‌خورد و بعد از نوش که می‌گفتم باز گوش می‌کرد به حرف‌هایم که حالا از وقار علی‌آقا بود. از این‌که الکی با کسی دعوا نمی‌کرد. سرهیچی و تخمی. و از تحملش توی باخت که زیاد بود. از بچگی گفتم که ده یازده سالی داشتم و با داداشی‌ها می‌رفتیم لب رودخانه. از رودخانه گفتم که مثل حالا پهن نبود و کم آب. باریک بود. گود و پرآب. و با فشار جلو می‌رفت. بعد هم از درخت‌ها که پُر و تنگِ هم بود حرف زدم. دوباره ریختم و خوردیم تا با حوصله بگویم.

از شیرجه‌ها هم گفتم. لب رودخانه که می‌رفتیم به عرق‌خوری، علی‌آقا هم گاهی می‌آمد. با رفیق‌های خودش بود. اسفندیار، اصغر میری، داداش محسن و چندتایی از بچه‌های بالا صحرا. برای بدری خوب جا انداختم. می‌خواستم همه را بداند. می‌دانستم رودخانه را حتماً همان‌طوری که گفتم دیده، باریک و پرآب نه مثل کنار پل فلزی یا سی‌وسه پل. نمی‌خواستم آن‌جاها را تصور کند. باید آن بالاترها را مجسم می‌کرد. جایی که رود پیچ می‌خورد بین چوب لوئی‌ها و درخت‌ها. باید رودخانه را این‌طور می‌دید تا از شیرجه زدن‌های علی‌آقا که می‌گویم بتواند پابه‌پای من ببیندش چطور از کنار درخت‌ها می‌دوید طرف آب. باید در ساحل این‌طرف، کنار من لای چوب لوئی‌ها می‌ایستاد و می‌دید. ولی هنوز زود بود.

باید از نبودن این خیابانی که حالا کنار رودخانه انداخته‌اند می‌گفتم. این که فقط ما بودیم و بچه‌های مارنان که خیلی پایین‌تر می‌نشستند. بی‌هیچ ماشینی پر از دختر و پسر. فقط ما بودیم که می‌نشستیم به عرق.

بعد هم شب، از دایوی گفتم که با چند تایر درست کرده بودیم. از روی هم گذاشتن تایرها و بستن‌شان. حتی از گِلی که دورشان مالیده بودیم گفتم. می‌خواستم همه را بداند تا از شیرجه زدن علی‌آقا که می‌گویم ببیندش چطور پاهایش از هم جدا می‌شود، می‌دود، پا می‌کوبد روی تایرها و بلند می‌شود توی هوا.
ولی هنوز زود بود. هنوز از عقاب نگفته بودم. عقابی که روی گرده‌ی علی‌آقا خالکوبی شده بود و سرش بالای دو استخوانی بود که پایین شانه‌اند و با باز و بسته شدن دست به هم نزدیک یا از هم دور می‌شوند. ریختم. خوردیم و این‌بار از عقاب گفتم که هربالش روی یکی از استخوان‌های پایین شانه بود و کشیدگی قدش که تا کمر می‌رسید و پاهایش که تا پایین کمر، کنار خط مایو آمده بود. بعد، از شیرجه گفتم. از دویدن علی‌آقا و جفت زدن روی تایر و پرشِ توی هوا. عقاب حالا بود که بال باز می‌کرد. دست‌های علی‌آقا که باز می‌شد تا شیرجه‌ی ملائکه برود، بال‌های پایین شانه‌ها کش می‌آمدند تا باز شوند و عقاب پرواز می‌کرد. تا دست‌ها جلوی سر صاف به هم نمی‌چسبیدند و توی آب فرو نمی‌رفتند، و تا بدن علی‌آقا موج نینداخته بود به رود و زیر آب محو نشده بود، عقاب را می‌دیدی که توی هوا اوج گرفته. بعد دیگر نبود تا آن‌طرف‌تر که سر علی‌آقا از آب بیرون می‌آمد و دست‌هایش خم می‌شدند به شکافتن آب. آن وقت می‌دیدی که عقاب نشسته روی گرده چطور توی آب غوطه می‌خورَد.
توی همین عرق‌خوری‌های دونفره بود که فهمیدم بدری همه‌ی این‌ها را خوب می‌بیند اما نمی‌دانستم همان تأثیری را که من می‌خواستم روی ذهنش می‌گذاشت یا نه. ولی بالاخره یکی از شب‌ها فهمیدم چکار کنم تا این زمین مسی ترک‌خورده با آن سرخی افق همیشه جلوی چشم‌های این زن بی‌خیال بماند. باید همه‌چیز را با حوصله انجام می‌دادم اما اول باید این تلپ‌بودن هرشبه‌ام را توی خانه‌اش تعطیل می‌کردم تا بلکه

تنهایی بیشتر درگیرش کند. پس شروع کردم شب‌ها به خانه‌اش نروم. نه یک‌مرتبه قطع کنم و تمام. اول دو سه شبی یک‌بار بهانه‌ای می‌آوردم و نمی‌رفتم. بعد شد یک شب نه یک شب. و بعد تقریباً نمی‌رفتم. بدری اول طعنه‌هایی می‌زد اما نه که شک کند با کس دیگری هستم. طعنه‌هایش به خسته شدنم از یک‌جا ماندن بود و بعد هم که دیگر نزد. مغرورتر از آن بود که خودش را آویزان کسی کند. شاید هم بی‌خیال‌تر. آن‌قدر بی‌خیال که گاهی شب‌ها که به خانه‌اش می‌رفتم هنوز نیامده بود. این یکی بیشتر توی کَتم می‌رفت. بی‌خیالی‌اش. لابد فکر می‌کرده خب نیاید که نیاید حالا مهمانی‌ها را که نگرفته‌اند. و نگرفته بودند. شده بود حتی گاهی تنهایی خانه‌اش بخوابم و نیاید. فردایش هنوز کف هال ولو بودم که پیدایش می‌شد.

«اَ، چرا زنگ نزدی بیام؟»

نه که هرشب ول باشد جایی اما پَر و توک شب‌هایی هم بود که نمی‌آمد. من هم زنگ نمی‌زدم تا فکر نکند سرخر پیدا کرده. می‌دانستم ددری نیست که هم با من باشد هم با کسی دیگر. هرچند روی هیچ‌کسی هم نمی‌شود قسم خورد.

بعد به چیز دیگری هم فکر کردم. گفتم شاید می‌ترسد تنهایی توی خانه بماند. شاید می‌ترسد یک شب این خوابگردی باعث شود کاری دست خودش بدهد. این را بعد حدس زدم، وقتی به میله‌ی تخت یک طناب پلاستیکی گره‌خورده دیدم. نترسیدم نقشه‌ی جدیدم نگیرد. طناب آن‌قدرها جا داشت که بتواند از روی تخت بلند شود، جلوی تابلو بایستد تا زیر نور چراغ خواب زل بزند به سرخی افق و مسیِ ترک‌خورده و من همین را می‌خواستم. فقط همین که بداند حتی اگر خودش را به تخت هم طناب‌پیچ بکند باز هم شب چشم‌هایش باز می‌شوند تا آن مسی پهن‌شده در کویر را زیر نور چراغ خواب ببیند. این‌که برایش جامی‌افتاد، دیگر بقیه‌ی کارها روبه‌راه می‌شد. کافی بود باور کند که همین نقاشی

او را وادار به خوابگردی می‌کند و بخواهد بداند چرا. چه چیزی توی این زمین و این افق سرخ هست که هر شب او را بلند می‌کند. همین کافی بود که دیگر نزند به قهقهه که «جمشید این‌جوری حرف می‌زنه. جنگل رو مرداب ببینید، مرداب رو کلاغ.» و بعد بی‌خیال شانه بالا بیندازد که «نه بابا. بهرام که اصلاً جمشید رو تحویل نمی‌گرفت.»

حالا اگر به این‌جا می‌رسید که بین نقاشی و خوابگردی‌هایش رابطه‌ای هست، زیاد طول نمی‌کشید تا به این چیزها هم فکر کند که اصلاً چرا بهرام این را کشید، یا چرا همین را و فقط همین را گذاشته توی اتاق خواب. یا اصلاً طرح مال کی بود، بهرام، محمود، جمشید؟ و این زنی که حرفش بوده، این زن دَمَرو خوابیده زیر چراغ خواب سرخ با آن شانه و گرده‌ی سرخ از کجا پیدا شده. شاید هم چیزهای دیگری به کلنجار می‌کشاندش. چیزهایی که من فکرش را هم نمی‌کردم. بالاخره ذهن او بود که باید بین نقاشی و خوابگردی‌هایش رابطه‌ای می‌جست. من فقط باید کار خودم را می‌کردم و دیگر هیچ جوری به کلنجارهای ذهنی‌اش جهت نمی‌دادم تا همه‌چیز درست پیش برود. پس همان‌طور که رفتن به خانه‌اش را کم کرده بودم، عرق‌خوری را هم بی‌خیال شده بودم تا آن فضای شاد شبانه، جای خودش را به هرچیز غیرمعمولی بدهد که می‌تواند زنی تنها را به راه‌رفتن شبانه بین مبل‌ها، عقاب بال بازکرده، ویترین شیشه‌ای و میز و عسلی‌ها وادار می‌کند.

بساط عرق را به‌پا نکردم ولی دیگر دست به کارهایی هم نزدم که ساختگی بودنِ دنیای غیرقابل شناخت را به رخ بکشد. کارهایی مثل دیدن فیلم‌های ترسناک یا فیلم‌هایی که به هر شکلی چیزی از یک دنیای ناشناخته داشته باشد. نه. دیدن این فیلم‌ها همان قدر که ذهنش را برای باور کردن دنیایی متفاوت آماده می‌کرد، این اشکال را هم داشت که بگوید خب این‌ها فیلم‌اند. همین و بس. اما فیلم‌هایی هم که دنیای معمول را نشان می‌داد نمی‌گذاشتم تا ببینیم. فیلم‌های گیرافتاده در

چنبرهی روزمرگی یا عشق‌های آبکی. پلیسی‌های آب‌گوشتی و یا حتی فیلم‌های عمیقی که رابطه‌ی انسانی را به شکل‌های مختلف نشان می‌دادند. این فیلم‌ها هم دنیای شناخته‌شده‌ای را روی سرش خراب می‌کرد که فضا را برای اجرای چیزی که می‌خواستم به‌هم می‌زد. حتی سراغ شبکه‌های شو و ترانه‌هایی که خواننده‌اش را ببینیم هم نمی‌رفتم. دیدن خواننده هم از جنس همان واقعیت معمولی بود که همه‌ی چیزهایی را که باید می‌ساختم به هم می‌ریخت.

پس فقط سی‌دی آهنگ می‌گذاشتم. و فقط آهنگ‌های بی‌کلام. این چیزی بود که جای عرق‌خوری شبانه و دیدن فیلم و ماهواره را گرفت. به‌اضافه‌ی نگاه‌هایی که گه‌گاه به نقاشی می‌انداختم و درست وقت‌هایی که حواسم بود نگاهم می‌کند. می‌نشستم روی کاناپه و فقط به آهنگ بی‌کلام آرام گوش می‌کردم. بدری حرف می‌زد و می‌شنیدم. از فخری و محمود می‌گفت که دیروز رفته بوده نمایشگاه نقاشی‌اش و پریشب که تنهایی خانه بوده و منتظر که شاید بیایم. اما بعد او هم ساکت می‌شد و فقط می‌شنید. خب گاهی هم می‌رفت سراغ ماهواره اما من که رغبتی نشان نمی‌دادم او هم بی‌خیال می‌شد. شاید فکر می‌کرد این که هرشب این‌جا نیست. بگذار دل به دلش بدهم. بعد انگار او هم عادت کرد چون یکی دوباری که سرزده رفتم خانه‌اش، سی‌دی روشن بود نه ماهواره.

همه‌چیز داشت همان‌طور پیش می‌رفت که می‌خواستم. مهمانی رفتن‌ها را هم کم کرده بودم و تقریباً توی هیچ دورهمی‌ای با او نبودم. فقط خانه‌ی سخایی را رفتم. گفت «نقال دعوت کرده بیا بریم.» که رفتم. سخایی بعداز نقالی بساط ورق را پهن کرده بود و از قصه‌ای که پرویز نوشته بود حرف می‌زد. میان رجزخوانی و ورق‌بازی‌اش از قصه هم می‌گفت و بعد از نقالی و «این پیرمرد» که می‌گفت شاید آخرین استاد این کار باشد. آن‌قدر تند حرفش را عوض می‌کرد که مطمئن شدم نه فقط عصبانی نیست که اصلاً تخمش هم نیست نقالی ورافتاده باشد یا

نه. حتی می‌شد فکر کرد سخایی دستگاهی‌ست که کلیدش خورده تا تغییر کند نه آدمی که با پایان گرفتن حرفش مکثی می‌کند، تُنِ صدایش پایین می‌آید، انگشت‌هایش از بالا وپایین شدن می‌افتند که چیز دیگری پیش بکشد تا صدایش دوباره بلند شود و انگشت‌هایش توی هوا دایره‌ای بسازند و چیزی از اول پایه‌ریزی شود. نه صدا و نه دست‌های سخایی وقفه‌ی کوتاهی نمی‌کردند. دو دستِ به‌هم خورده هنوز عقب نرفته بود که از «نقالی رفت پیِ کارش» وصل شد به «ببین داستانت رو می‌شه» و کف دست‌ها دوباره مثل قبل تند به هم خوردند و این‌بار لابد یعنی «گوجه‌ش کن» و به‌قدری جدی حرف زد و دل و روده‌ی داستان را بیرون ریخت که شک نکردم از همان دم غروب تا حالا که پای حکم بودیم فقط به همین داستان فکر می‌کرده. اما باز که چشمک‌زدن‌هایش شروع شد و سقلمه‌هایش به پهلویم خورد گیج شدم که بالاخره نویسنده را سرکار گذاشته یا من یا خودش را.

شب توی خانه به بدری گفتم. وقتی پرسید: «حوصله‌ت که سر نرفت امروز؟»

گفتم: «نه. این سخایی‌ئه خیلی باحال بود.»

گفت: «چطور؟»

گفتم: «همه رو فیلم می‌کرد.»

گفت: «بد آدمی نیس.»

گفتم: «انگار قاطی داره.»

دوباره پرسید: «چطور؟»

گفتم: «ندیدی چطور از نقالی رفت تو داستان این یارو پرویز؟»

گفت: «خب شاید یه چیزی توشون دیده.»

گفتم: «هان؟»

گفت: «یه چیزی که این دوتا رو به هم وصل کنه.»

گفتم: «اصلاً اشاره‌م نکرد.»

گفت: «بابا یه چیزی که یه نفر رو از جایی وصل می‌کنه به جای دیگه.» نگاهش کردم. دوباره گفت: «نه یه چیز روشن و واضح. چیزی که سخایی حس کرده.»

نمی‌دانستم توجیه می‌کند تا آشنایش را آدم حسابی نشان بدهد یا به حرفی که می‌زد اعتقاد داشت.

گفتم: «خب نباید از حرف‌هاش فهمید؟»

گفت: «نه.»

گفتم: «خوبه. تخمی از یه چیز می‌ریم تو یه چیز دیگه کسمون هم خل نیس.»

گفت: «پیش میاد.»

پس همین بود. پیش می‌آید و دیگر هیچ دلیلی نمی‌خواهد تا بفهمیم چرا چیزی هست. برای همین نمی‌پرسیم چرا این‌جا توی اتاق خواب. چون حتماً چیزی هست. چیزی که خود طرف هم درست نمی‌داند چیست و دیگر نمی‌گوییم چرا. اما کلنجار ولم نکرد که پس چرا همین چیز مبهم را توی نقاشی ندیده بود. چرا فکر نکرده بود می‌شود بین ترک‌های زمین مسی در افق سرخ و دنده‌های کمر زنی زیر نور قرمز چراغ خواب چیزی وجود داشته باشد. چرا توی بستنی‌خوری زده بود زیر خنده. همین فکرها نمی‌گذاشت بفهمم با کی طرفم. آدمی که در چنبره‌ی زندگی معمولی گیر کرده و حوصله‌ی دیدن ذره‌ای آن‌طرف‌تر را ندارد یا کسی که مبهم‌ترین حس آدم کس خلی مثل سخایی را حدس می‌زند تا به دنیای‌اش راه پیدا کند. شاید هم هیچ‌کدام. فقط یکی بود که با مُشتی آدم شلم‌شوربای فلسفه‌باف گشته و یادگرفته هرچیزی را می‌شود توجیه کرد.

راستی می‌شد فقط توجیه باشد یا جداً این را توی حالت سخایی حس کرده بود؟ اگر خودم می‌خواستم چیزی بجورم که این تغییر ناگهانی رفتار سخایی را بفهمم چه چیزی پیدا می‌کردم. شاید خیلی چیزها. مثلاً

بگویم می‌خواسته از فکر نقالی بیاید بیرون. به خودش تشرزده «آخه تا کی می‌خوای درگیر نقالی باشی. ول کن بابا.» بعد چشمش بیفتد به پرویز و از داستان بگوید و آن‌قدر تند که دیگر چیزی از نقالی توی ذهنش نماند. یا نه، اصلاً بعد از عمری حالا فهمیده هیچ چیزی جدی نیست و نه فقط نقالی، که هروقت هرچیزی را زیادی جدی می‌گیرد فرز از آن جدا می‌شود تا دوباره هچل جدی گرفتن را نخورد. برای همین هم از داستان که حرف می‌زد باز چشمک‌هایش شروع شد و سقلمه‌هایش پهلویم را سوراخ کرد. می‌خواست باز نتپد توی لجن. شاید هم یک چیزی توی من دیده بود و حدس زده یارو هیچ‌چیزی را جدی نمی‌گیرد، بگذار منم چشمک بزنم تا فکر نکند خَرم و پیش خودش مسخره‌ام کند.

چند جور دیگر می‌شد این دلیل‌ها را عوض کرد؟ بدری اگر می‌خواست حدس بزند به چه چیزی فکر می‌کرد؟ خب، سخایی از نقالی توی قهوه‌خانه حرف زده بعد یاد رفیقی افتاده که با او قهوه‌خانه می‌رفته و از آن یاد یکی از شخصیت‌های داستان پرویز افتاده دیده چقدر این دوتا به هم شبیه‌اند و بی‌اختیار زده به داستان.

همیشه یک چیزی می‌جوریم. می‌گردیم تا دلیل رفتار کسی را حدس بزنیم. اما چه چیزی ثابت می‌کند که درست حدس زده‌ایم. از کجا معلوم که همین باشد. مثلاً همین بدری، از کجا می‌شد فهمید همان شب اول عرق‌خوری پابه‌پای من عرق بخورد و این‌قدر مَشتی استکان بدهد و بگیرد. روز اول که دیدمش اصلاً نمی‌شد این را باور کرد. خب این‌که لبی تر کند شاید، بالاخره حتماً جاهایی می‌رفته که جامی هم دستش داده باشند اما آن زنِ آرایش کرده بیشتر مثل یک عروسک بود تا آدمی با بلوز شلوار ورزشی و آن هم نه چسبان که تمام بدن را مثل هلو بیرون بیندازد، و نه حمام کرده با بوی عطر، بلکه عرق‌کرده و بی‌هیچ ماتیک

سرخابی. کِی می‌شد باور کرد که آن زن روزی مثل یک رفیق انگار ابی بگوید: «بریز.»
خب همیشه می‌شود چیزی پیدا کنیم که این رفتار را قابل فهم کند. مثلاً بگوییم چون می‌خواهد خودش را برای من متفاوت‌تر از زن‌های دیگر نشان بدهد باهام نشسته به عرق. بعد خودِ روال عرق‌خوری همه‌چیز را پیش برده که کِی استکان را بردارد یا کی بگوید بریز. می‌خورَد. بدنش هم قوی‌ست یا از این بدن‌هایی که عرق دیر بهشان کارگر می‌شود. من هم که انتظار چنین چیزی را ندارم برای خودم یاوه بافته‌ام که حتماً قبلاً با کسی نشسته و هی فکر می‌کنم که این‌طوری‌ست یا آن‌طوری. اما آیا این چیزهای جسته‌شده یک مُشت زر زیادی نیست تا فقط کسی را برای خودمان قابل شناختن کنیم و دیگر نگوییم «بابا ول کن. این آدم همینه که هست.»
حالا شک کرده بودم که وقتش شده دست از این حدس و گمان‌ها بردارم و بگویم بدری همین است و دیگر توی پیش‌فرض‌هایم جایی برایش پیدا نکنم. پیش‌فرض‌هایی که مدام عوض می‌شد تا بفهمم چه‌جور آدمی‌ست و دروغم را طوری پیش ببرم تا برای آدمی که حدس می‌زدم پذیرفتنی باشد. حدس و گمان‌هایی که تمامی نداشتند.
زنی که می‌خواهد با جوانی رابطه داشته باشد تا حس پیری نکند یا کسی که فقط سکس می‌خواهد و خب هرچه جوان‌تر و خوش‌هیکل‌تر بهتر. حالا یک پولی هم خرج کنیم کرده‌ایم. یا از این آدم‌های خرابِ رفیقی که جان و مال را پای رفاقت می‌ریزند. شاید هم یک آدم اهل هرچه پیش آید خوش آید است و حتماً هم دنبال رابطه با یک خروس پروار نیست. اگر پیرتر هم به پستش می‌خورد، خورده بود. می‌شد هم گفت زنِ شوهرمرده‌ی تنهایی‌ست که توی جمع آدم‌های جورواجور از تنهایی فرار می‌کند و یا حتی رمانتیک‌تر، زنی‌ست که عاشق شوهرش بوده و حالا چیز مشترکی توی من و شوهرش پیدا کرده.

این فکرها بود و با همه‌ی بالا و پایین کردن‌هایی که ولم نمی‌کرد تا خوابگردی آمده بودم اما از اینجا به بعدِ دروغ را نمی‌دانستم باید چکار کنم. صدجور حساب می‌کردم و دوباره به هم می‌زدم. ریخت و واریخت‌های مداوم و همیشگی. هربار اتفاق جدیدی پیش می‌آمد. شکل به شکل می‌شد تا یک شب، خیلی الکی فکری به ذهنم رسید.

یکی از بچه‌های قدیمی بعداز چند سال پیدایش شده بود و شب رفتیم خانه‌ی سیامک فخاری. وقتی برگشتم بدری وسط هال جلوی تلویزیون دراز کشیده بود. توی مرز نور تیربرق و تاریکی غلتیده بود روی دنده و پاها را توی شکم جمع کرده بود. رفتم سر یخچال. بطر عرق سر جای‌اش بود. خانه‌ی سیامک چند استکان زده بودم. مست که نه، شنگول بودم. بطری را برداشتم. نخوردم. عرق به عرق می‌شدم و حال سردرد نداشتم. فقط نگاه کردم ببینم بدری خورده یا نه. نخورده بود. حالا دیگر گاهی گذری یکی دو استکان می‌زدیم اما نه عین شب‌های اول بنشینیم به رد و بدل کردن استکان و حرف از همه جا.

برگشتم نشستم روی مبل کنار بدری و نگاهش کردم چطور موهایش روی پشتی پخش بود و توی بلوز شلوار ورزشی همیشگی‌اش دست‌ها را توی سینه گره کرده بود. فکر کردم حالاست که گره دست‌ها از هم باز بشود، نشد. پاها هم خیمه نزدند برای بلند شدن. خوابیده بود. بی‌هیچ تکانی که وقت بلند شدن‌اش باشد. قه‌های کوتاه و هی‌های کشیده هم بودند. مثل همیشه آهسته و مدام. بعد از شبی که شک کردم راه رفته دیگر هیچ شبی ندیده بودم راه برود.

فکری از ذهنم گذشت. از روی مبل بلند شدم رفتم توی اتاق خواب. نقاشیْ روی دیوارِ مقابل تخت بود. فقط باید دستم را بلند می‌کردم و بَرَش می‌داشتم. آرام و بی‌صدا. کمی که تابلو بالا می‌رفت، از میخ زیرش آزاد می‌شد. شد. آوردمش پایین. بردم تکیه دادم به پایه‌ی مبل کنار بدری و از آپارتمان زدم بیرون.

فرداش طرف‌های ظهر به بدری زنگ زدم. گفت: «هان تویی؟»
جوری نگفت که یعنی دیشب کجا بودی. گفتم: «عصری میای سینما؟»
گفت: «ظهر نمی‌آی اینجا؟»
گفتم: «کار خوبی گذاشتن.»
گفت: «امروز نه. باشه فردا. چی هست؟»
گفتم: «چرا امروز نه؟»
گفت: «کار دارم.»
شب فهمیدم چکار داشته. بسته‌ی قرص را که روی اوپن دیدم فهمیدم.
گفت: «عصریه رفتم دکتر اینا رو داده خوابم تنظیم بشه.»
همین. «اینا رو داده خوابم تنظیم بشه.» و دیگر هیچ چیز. هیچ چیزی که توی‌اش کلنجار آدمی را ببینی که از خودش پرسیده باشد چرا باید صاف رفته باشم سراغ نقاشی؟ مثلاً خواسته بودم کاری کنم که این سؤال، همین یکی و نه هیچ چیز عجیب و غریبی، همین سؤال معمولی برایش مهم شود اما او صبح از خواب بلند شده. نقاشی را دیده و گفته: «اِ، دیشبم که راه رفتم.» بعد نقاشی را گذاشته سر جایش و به مطب زنگ زده. شاید حتی به روان‌پزشک هم نگفته. به همان دکتر همیشگی‌اش زده و خیلی هم شیک با منشی سلام و احوال کرده، انگار مثلاً سرما خورده باشد. عصر هم حتی تیپ کرده، بی‌هیچ مکث کوتاهی مقابل تابلو یا حتی پشت در مطب که آخه چرا صاف باید بروم سراغ نقاشی؟
گفتم: «دکتر خودت؟»
گفت: «نه یکی دیگه.»
خودم را زدم به خری گفتم: «من هم تازگی بی‌خواب می‌شم. خوبه بخورم.»
گفت: «اینا مال بی‌خوابی نیس که. مال شباس که راه می‌رم.»

حالا یک منجی داشت، قرص.

قرص خورده شد و همه‌چیز تغییر کرد. شب‌ها هرجا که بودیم باید یازده نشده گِردَش می‌کردیم طرف خانه تا وقت داشته باشیم چیزی درست کنیم بزنیم به تن و بدری جان سر ساعت دوازده قرصش را بخورد و بگوید: «من که رفتم بخوابم». من هم بمانم و یک هال نیمه‌تاریک، نصف بطر عرق و ده دوازده تایی فیلم دی‌وی‌دی که از خانه آورده بودم.

خب البته که می‌شد از خانه بیرون بزنم و بروم پیش بچه‌ها که تازه حالا یا توی چارباغ ول بودند به قر و اطوار یا خانه‌ی یکی تلپ شده بودند به کس‌شعر گفتن. اما راستش من هم عادت کرده بودم گاهی با خودم بنشینم. ماست و خیار را آماده می‌کردم و چیزی برای ته‌بندی می‌گذاشتم کنار دستم و می‌نشستم به فیلم دیدن. یا کامل از اول تا آخرش را می‌دیدم، یا بعضی از صحنه‌هایی که هوس دوباره دیدنش را داشتم.

ریختن استکان توی حلق، تنهایی هم حال می‌داد اما بعضی شب‌ها که عرق نمی‌خوردم یا خیلی نمی‌خوردم و کله‌پا روی پشتی نمی‌رفتم، موقع خواب به دروغ فکر می‌کردم که بالاخره باید این سگ‌مصب را چکارش می‌کردم. ولی مگر کاری هم می‌شد کرد. آن هم برای این ساعت شماطه‌دار. هرشب سر ساعت دوازده توی تخت بود و هشت صبح، قبراق و لباس‌پوشیده به خوردن صبحانه، تا بعد برود سر ظرف شستن یا

گردگیری، یا ول شدن روی کاناپه برای خواندن کتاب و مجله. ولی نه ماهواره که مثلاً من بیدار نشوم. هرچند می‌دید من بیدار بیدار که نه اما غلت می‌خورم از این ور به آن ور و گه‌گاه هم چشم باز می‌کنم و نگاهی به دوروبر می‌اندازم. بعضی وقت‌ها هم صدای بستن در می‌آمد. طرف‌های ظهر که بیدار می‌شدم یا هنوز نیامده بود که زنگش می‌زدم «پس کجایی؟» یا آمده بود که با هم چیزی می‌خوردیم و می‌نشستیم به حرف و تلویزیون. دم غروب یا باهم می‌زدیم بیرون یا جداجدا می‌رفتیم سراغ رفیق‌های خودمان تا باز یازده نشده برگردیم به میعادگاه عشق و بتمرگیم به شام خوردن.

همه‌چیز به همین تخمی‌گی تغییر کرد. دیگر نه شب‌زنده‌داری‌هایمان به عرق‌خوری می‌گذشت و نه فیلم دیدنمان از آخرهای شب شروع می‌شد. فیلم و عرق «آه» شده بود تا تنظیم خوابش به‌هم نخورد. پرسه‌زنی‌های شبانه‌مان هم از دست رفته بود. مانده بودم این همان بدری‌ست که هیچ‌کدام از کارهایش زمان مشخصی نداشت. هروقت از خواب بیدار می‌شد شده بود. هروقت پا می‌داد ناهار بخورد خورده بود و هروقت دلش می‌خواست جایی برود یا با کسی قراری بگذارد گذاشته بود و دیگر هی میخ ساعت نمی‌شد. این بی‌خیالی مهم‌ترین چیزی بود که از زندگی یکنواخت ماشینی دورش می‌کرد و حالا من همین را هم ازش گرفته بودم. یعنی می‌خواستم از پیله‌ی یکنواختی بیرون بیاید اما همه‌چیز به قرص رسید که فکرش را هم نمی‌کردم همین قرص‌ها از بدری یک ساعت متحرک بسازد.

تا کی این وضع پیش می‌رفت. کِی فکر می‌کرد خوبِ خوب شدم و تمام، برویم سراغ ولگردی‌های شبانه، شب‌نشینی‌های دونفره‌ی عرق‌خوری. یعنی این سرنوشتی بود که انتخابش می‌کرد. تا آخر عمر دوازده شب بخوابد و هشت صبح بیدار شود. بی‌هوس شب‌گردی دور خیابان‌ها؟ مهمانی‌دادن‌هایش چه، همه خلاص؟ فکرش هم آدم را پکر می‌کند.

نشسته باشی توی جمع، تازه می‌خواهند شام بیاورند و تو نگاهت به ساعت باشد که دیر نشود. شام پایین نرفته باید به فکر حرفی باشی تا مقدمه‌ای برای رفتنت باشد. چندبار می‌شود گفت سرم درد می‌کند یا فردا صبح زود باید بیدار شوم کار دارم.

می‌شد حتی قیدش را بزند. فکر کند من که تا می‌آیند سفره را جمع کنند باید بلند شوم، کجا بروم؟ مهمانی تازه بعداز شامش باحال‌ست. حرف‌ها موقع چای خوردنِ روی شام گل می‌کند. خاطره‌ها همین وقت‌هاست که گفته می‌شود. تک‌صدایی‌های آن‌هایی که صدایشان خوب است یا خواندن‌های دسته‌جمعی. گفتگوهای درگوشی خانم‌ها. اصلاً شب جمعه را برای همین گذاشته‌اند اما من که باید دوازده روی تخت باشم بروم که چی.

شاید همه‌ی آدم‌ها هرشب ساعت دوازده بخوابند یا حتی زودتر و صبح‌ها هم هشت بلند شوند اما بالاخره شب‌هایی هم دارند که بیدار می‌مانند کاری کنند. فیلمی ببینند. کتابی بخوانند. دور دوستان باشند و اصلاً نترسند که با همین یک شب دیر خوابیدن دوباره همه چیز به هم می‌ریزد.

می‌شد بدری نترسد و همین شب‌ها، فقط همین شب‌های جمعه را لااقل که همه تا دیروقت بیدارند، برای خودش نگه‌دارد و هی به ساعت نگاه نکند؟ نمی‌شد حدس زد. درباره‌ی بدری هیچ‌چیزی نمی‌شد حدس زد. حتی به ذهنم هم نمی‌رسید که آخرش چطور می‌شود. حالا ده دوازده روزی بود که همه‌چیز همین‌طور پیش رفته بود. پنج‌شنبه‌ی قبل که نماند کنارم ولی شاید فقط می‌خواست بقیه‌ی قرصش تمام شود و این بازی را ول کند تا دوباره بی‌خیال ساعت بخوابد. باید صبر می‌کردم و می‌دیدم.

یک شب که حال تنهایی خوردن را نداشتم از پای تلویزیون بلند شدم و رفتم توی قاب در اتاق‌خواب نگاهش کردم. دَمَرو افتاده بود روی تخت

و یک طرف صورتش روی پشتی بود. یک دست را خم گذاشته بود زیر پشتی و دست دیگرش از لبه‌ی تخت آویزان بود. یکی از پاها دراز بود و پای دیگر خم، هشت شده بود به پای درازشده. هوس کردم کنارش بخوابم. جاداشت اما ترسیدم بیدار شود. پایین تخت، همان‌جا کنار دست آویزانش روی زمین خوابیدم. کرم بازی کردن با انگشت‌های دستش ولم نمی‌کرد. چندباری یکی دوتا از انگشت‌ها را گرفتم و ول کردم بعد هم همان‌جا خوابم برد.

فردایش که هنوز درست و حسابی بیدارنشده لولیدن‌هایم شروع شده بود، نرمی پشتی را زیر سرم حس کردم. کار بدری بود. من که یادم نمی‌آمد از توی هال پشتی برده باشم توی اتاق. روشنی روز طوری نبود که بفهمم ظهر شده اما نه صدای تلق ظرف و شیر آب می‌آمد نه خبری از راه رفتن بدری توی هال بود. صدایی که نشان بدهد ماهواره روشن است هم نبود. فقط می‌ماند رفته باشد بیرون یا روی کاناپه ولو باشد. بلند شدم تا آبی به سک و صورت بزنم و به مثانه حالی بدهم. از اتاق که بیرون آمدم دیدمش. نشسته بود توی هال. استکان توی دستش بود و بطری عرق کنار لیوان نوشابه‌ی تقریباً خالی جلوی پایش.

ندید پیدا بود مست است. نگاهی انداخت گفت: «خودمون.»

گفتم: «نوش.»

ریخت توی حلق و آخرین قلپ نوشابه را داد پشتش.

حالی به مثانه و سر و صورت دادم و رفتم سراغ یخچال برای برداشتن ماست و خیار تا مزه را جور کنم و کنارش بنشینم. تمام وقت به این فکر می‌کردم که حالا فقط باید کاری کنم تا این سؤال برایش جدی شود که چه چیزی از خواب بلندش می‌کند. این چیزی نبود که هیچ روانکاوی بتواند به آن جواب بدهد. تا حالا که نتوانسته بودند. فقط زور زده بودند تا با دارو کنارش بزنند.

سر حوصله همه‌چیز را مرور کردم تا ببینم چه کنم. ماست و خیار که توی کاسه قاطی شد بردم گذاشتم وسط و روبه‌رویش نشستم. ریخت توی استکان و داد دستم. قی گوشه‌ی چشمش معلوم می‌کرد دست و صورت شستنی هم توی کار نبوده. از خواب بلند شده و صاف رفته سراغ بطری.

پس بالاخره خسته شده بود از این ساعت‌های دوازده و هشت. خسته شده بود و قرق را شکسته بود اما حرف که زد فهمیدم خسته نه، مأیوس شده بود. استکان را که داد دستم گفت: «دیشب راه رفتم نه؟»

گفتم: «دیشب؟»

گفت: «پس الکی اومدی توی اتاق خوابیدی؟»

همین بود. فکر کرده خب چرا توی هال عرق و فیلمش را ول کرده آمده. او که همیشه توی هال پای تلویزیون بود.

دوباره گفت: «هان راه رفتم نه؟»

نگاهم می‌کرد. از آن نگاه‌هایی که فقط یک مست به آدم می‌اندازد و مطمئن است راست می‌گویی. بهترین وقت برای دروغ گفتن همین لحظه است. هنوز آن‌قدر خر نشده‌ام که از این لحظه‌های عالی استفاده نکنم.

نگفتم نه فقط دوست داشتم کنارت بخوابم. اما زرتی هم نگفتم «خب راستش راه افتاده بودی توی هال ترسیدم بری توی تراس.» فقط گفتم: «بی‌خیال.»

و طوری گفتم که یعنی ول کن بابا. یا حالا مگه چی شده. و یا بدتر «خب آره اما من اینجام. هستم.» جوری که مطمئن شد راه رفته. بعد دیگر حرفی نزد. فقط بین «خودمون» و «نوش»هایی که ردو بدل می‌شد می‌ریخت و می‌خوردیم.

حالا همه‌چیز جور شده بود. باید انجامش می‌دادم تا این زن که برای هر اتفاق نامعمولی، یک راه حل معمول شناخته‌شده داشت، جور دیگری به

زندگی نگاه کند. آن هم این زن که در پیدا کردن راه‌های ساده حرف نداشت. حالا می‌توانستم از شک‌اش استفاده کنم. فرصت خوبی بود تا بپرسد چرا راه می‌افتد. چرایی که هیچ دکتری هم از او نپرسیده بود. همین چراهایی که رابطه آدم را با شقّ دنیای دوروبر به هم می‌زنند تا شکل دیگری از واقعیت، خودش را نشان بدهد. چراهایی که دست پیرزنی را به چفت در چوبی می‌جسباند و نگاهش را به رخت‌های پهن‌شده‌ی روی بند خیره می‌کند تا گیج و سرگردان نفهمد چه کسی این‌ها را شسته و چرا. دنیایی که نتواند به این چراها جواب بدهد دیگر ماندنی نیست و ذهن باید جواب‌هایش را جای دیگری بجورد. جایی که با دلیل‌های ساده‌ی معمول فرق می‌کند. اشتباهی که باعث شده بود وقت زیادی را تلف کنم و نتوانم به دروغ‌ام سروسامان بدهم فقط همین بود. خواسته بودم یک مشت دلیل معمولی بچینم پشت هم و بعد یک چیز ناب، یک دروغ متفاوت با دنیایی ناشناخته به‌وجود بیاورم درحالی‌که هربار گیج‌تر از قبل کار را رها می‌کردم.

اگر از همان اول فقط به فکر ساختن سؤال بودم کار تمام بود. سؤالی که بی‌جواب می‌ماند. آن‌وقت بدری خودش به دنیای ناشناخته وارد می‌شد تا جوابی پیدا کند. مهم نبود که جواب را نمی‌جست، فقط باید ذهنش درگیر می‌شد و تمام. مادر بزرگ ابی هم ذهنش درگیر شده بود و هنوز بعد از ماه‌ها، صبح که بلند می‌شد به بند رخت توی حیاط نگاه می‌کرد و طوری درگیر بود که دیگر حرف نوه‌اش را هم باور نمی‌کرد. ابی بارها برایش تعریف کرده بود. از حسین میری گفته بود که باید جایی قایم می‌شد تا یک ماه نباشد. از زید حسین هم که با او آمده بود آن‌جا. تمام را گفته بود: «به شما نگفتم. نخواستم توی زحمت بیفتی که حالا مهمان‌ها چی بخورن.» دقیق تعریف نکرده بود. به‌جای زیدش گفته بود زنش و به‌جای اینکه «می‌خواستم نترسید که حالا مگه چیکار کرده که فراریه» گفته بود: «توی زحمت نیفتید.» اما بعدش را دیگر مو به مو

گفته بود. از آخر شب‌ها که زید حسین یواشکی می‌رود توی حمامِ پیرزن لباس‌هایش را بشورد، لباس‌های مچاله‌ی گوشه‌ی حمام را می‌بیند. «خواسته کاری کنه که مثلاً کمک احوالتون باشه. فکر کرده از خودم رو که دارم می‌شورم اینا را هم دستی می‌مالم.» از روزها هم گفته بود که زنش می‌رفته بیرون چیزی بخرد. «شما که همیشه توی این اتاق افتاده‌اید نمی‌دیدی‌اش.»
نن‌جون که باور نمی‌کرد. ابی قسم خورده بود و نه یک‌بار، بارها که «بابا خب شما که توی اتاق آن طرف حیاط کاری نداشتی، ما هم یه حموم ساختیم تا زنش راحت باشه.» آخر سر هم کفری گفته بود: «کاش لااقل یه روز می‌رفتی توی اون اتاق ببینی چه خبره.»
پیرزن جلوی ابی حرفی نمی‌زد که دروغ می‌گویی اما می‌دانسته نوه‌اش می‌خواهد او را از این فکرها بیرون بیاورد. تازه آن شب چی؟ آن شب که تمام رخت‌ها را جمع کرده و آورده بود توی اتاق اما باز صبح، دستش را گذاشته بود به چفت در و از پشت شیشه دیده بود. دو آستین آویزان و سیاه هنوز هم جلوی چشم‌هایش می‌آمد.
نن‌جون آن‌قدر دلایل غیرمعمول داشت که حمام را هم اگر می‌دید باور نمی کرد حسین یا زیدش اصلاً آن‌جا بوده‌اند. چراهای ذهن پیرزن طوری آرام شکل گرفته بود که حرف‌های ابی جواب درستی برایشان نباشد. برای بدری هم باید چرای این نقاشی و نه هیچ چیز دیگری شکل می‌گرفت. سر فرصت و باحوصله. ابی و حسین هم با حوصله حمام را ساخته بودند. اول ملات بعد آجر، دوباره ملات. این‌طوری شاید می‌شد. با صبر و حوصله.
آن روز صبح، هرچند دیر، دروغ بالاخره داشت جان می‌گرفت. فکر اتر و نقاشی وقتی بدری گفت «خودمون» به ذهنم نرسید. آن وقت فقط فهمیده بودم وقتش شده کار را تمام کنم. بعداً که زیر دلش خورد و خودش را نگه‌داشت فهمیدم چه کار کنم. وقتی یقه‌ی بلوز ورزشی‌اش

را تا روی بینی بالا کشید و شکم و پهلوی راستش بیرون افتاد دیدم بهترین راه همین است. اتر را که می‌شد از سیامک گرفت. رنگ هم که توی کارگاه آن خدابیامرز فتّ و فراوان بود.
پیک آخر را که خوردیم بدری رفت روی پشتی دراز بکشد. زودتر از من شروع کرده بود به خوردن. خیلی زودتر. دوسه‌باری زیر دلش خورد. بلندش کردم و بردمش توی حمام. آب سرد کار را درست می‌کرد. هنوز درست و حسابی لباس‌هایش را در نیاورده بودم که تگری زد. معده‌اش که آرام گرفت همه‌چیز روبه‌راه شد. آب سرد هم پشت‌بندش کردم که دیگر خیالم راحت باشد. بعد خودم هم رفتم زیر دوش و همان‌جا زیر آب سرد یکی یکی لباس‌هایم را درآوردم و بغلش کردم. دستم را بردم روی شیر آب، ولرم که شد انگشت‌هایم را گذاشتم به گونه‌اش. بعد هم رفت روی لب‌هایی که قطره‌های ریز آب روی‌شان پخش بود. زیر آب حس کردم فقط برجستگی اندام زنانه دستم را به کشیده شدن روی آن جلو نمی‌برد. چیز دیگری هم بود. چیزی از درون خود بدری دستانم را وادار می کرد روی شانه‌ها بسرند و بروند روی کمر. چیزی که نمی‌دانستم حس عشق است یا میل چنگ انداختن به آدم ناشناخته‌ای که تنگ در آغوشم جلو می‌آمد و هنوز ناشناخته می‌ماند.

آن روز از خانه بیرون نرفتیم. من تا ظهر همان‌طور با حوله‌ی حمام ول گشتم. بدری سربند حوله‌ای‌اش را درنیاورده رفت توی آشپزخانه. هنوز گیج بود. دنبالش رفتم و زیر کتری را روشن کردم. چای می‌چسبید. بدن که نم باشد، هوای خنک روی پوست می‌خزد، از ساق پا بالا می‌آید تا به گرده و سینه برسد و فقط چای داغ است که ریزلرزه‌های گرده و سینه را پس می‌زند. در باز یخچال را از بدری گرفتم گفتم: «مث سگ گشنمه». بدری کنار رفت تا توی یخچال را نگاه کنم. بشقاب کالباس را دیشب توی کیسه‌ی نان چپانده بودم. کیسه را همراه شیشه‌ی خیارشور روی پیشخوان جلوی بدری گذاشتم که ساکت روی صندلی نشسته بود. لیوان چای را پر کردم دادم دستش. برای خودم هم ریختم و روبه‌روی‌اش نشستم. ورق کالباس را با خیارشور لای یک کف دست نان پیچیدم و جلواش گرفتم. نگرفت. دامن حوله را لای پاها جمع کرد و چهارزانو روی صندلی نشست. نصف لقمه را توی دهان چپاندم و چشمک زدم. سرش را زیر انداخت. آرنج‌هایش روی میز بود و کف دست‌ها و انگشت‌هایش دور لیوان را گرفته بودند. از قرص و دکترها ناامید شده بود، در این شکی نبود ولی نمی‌توانستم حرکت بعدی‌اش را حدس بزنم و همین عصبی‌ام می‌کرد. چه کار دیگری می‌توانست بکند تا مثل قرص خوردن، مشکل را به راحتی و بی‌هیچ پرس و جویی حل کند. دیگر اصلاً نمی‌توانستم پیش‌بینی‌اش کنم به‌خصوص حالا که حرف هم نمی‌زد. سکوتْ آدم‌ها را

ناشناخته‌تر می‌کند. میان حرف‌ها و شوخی‌ها، با حرکت دست و اداهای چهره، یک‌چیزهایی دستگیرم می‌شود ولی وقتی ساکت باشند خلع سلاح می‌شوم.

با سر اشاره کردم چای را بخورد. لقمه را پایین دادم گفتم: «حالت جا میاد.»

گفت: «می‌رم بخوابم.» لیوان را برداشت رفت.

چراغ اتاق خواب را روشن نکرد. پرده‌های اتاق بسته بود. از همان‌جا که نشسته بودم می‌شد ببینم لیوان را روی میز پاتختی می‌گذارد، حوله را درمی‌آورد و می‌اندازد روی جارختی پشت دیوار. سربند را که باز کرد موهای سیاهش پخش شانه‌ها و کمر شد. مثل وقت‌هایی که از حمام می‌آمد موها را در هوا نچرخاند و دست‌هایش را نبرد تا همه را دسته کند روی شانه بیندازد. با همان موهای پریشان کنار تخت‌خواب ایستاد. قبل از اینکه خم شود و پتو را کنار بزند سرش را طرف هال چرخاند. نمی‌شد ببینم به من نگاه می‌کند یا به جایی پشت دیوار اتاق که نمی‌دیدم. نور کم‌رنگ پرده‌ها به خط بازو و انحنای کمر و باسن‌اش هاله‌ای مسی رنگ داده بود. از اینجا که بودم مجسمه‌ی مسی خوش‌تراشی را می‌دیدم که می‌شد پهنه‌ی هر بیابانی را با آن فرش کرد. همان‌طور که به این مجسمه‌ی مسی نگاه می‌کردم تصمیم گرفتم دیگر کار را تمام کنم. باید نقاشی غروب را برای همیشه با او یکی می‌کردم تا دیگر نتواند جوری که توی بستنی فروشی خندیده بود بی‌خیالش شود. تا ظهر توی خانه ماندم. می‌دانستم دو سه ساعت بخوابد بهتر می‌شود و عصر وقتی دارد انتخاب می‌کند چه بپوشد دنبال راه‌حل جدیدی می‌گردد. باید قبل از اینکه راه دیگری پیدا کند دست به کار می‌شدم و رابطه‌ی نقاشی و خوابگردی را قطعی می‌کردم. بعد فقط خودش بود که باید چرایی‌اش را پیدا می‌کرد.

بیدار که شد بد نبود. سردرد داشت ولی نه آنقدر که بخواهد چراغ
خاموش توی تخت بماند. موها را بالای سر گوجه کرده بود و بلوز
مردانه‌اش را روی تن لخت پوشیده بود. من را که لباس پوشیده روی
مبل دید گفت: «داری می‌ری؟»

باید می‌رفتم پیش سیامک که ظهر خبرش کرده بودم می‌آیم امانتی را
بگیرم.

گفتم: «تو که خوبی.»

گفت: «حالا یه مسکن می‌خورم.»

گفتم: «شب با یه بچه‌ها قرار دارم.» بلند شدم. لب‌هایم را برایش غنچه
کردم و رفتم طرف در.

گفتم: «خونه‌ای که؟ فردا قبلِ ظهر میام.»

گفت: «آره.»

بند کفش‌هایم را که داشتم می‌بستم دستگیره در را گرفته بود.
چشم‌هایش بی‌آرایش و خسته بود. بغلش کردم و توی گودی گردن، زیر
گوشش نفسم را بیرون دادم و گفتم: «می‌بینمت.» عقب کشیدم. در را
که باز کردم تقه‌ای به قفل زدم گفتم: «من قفلش می‌کنم.» و طوری
نگاهش کردم که یعنی حواسم هست. خسته‌تر از آن بود که لوس و
بی‌مزه بگوید «مرسی». در را بستم و از پشت قفل کردم.

عصر سیامک اتر را برایم آورد و رفت. شب هم با هیچ‌کس قرار نگذاشتم.
باید فکر می‌کردم. همه چیز آماده بود. اتر توی جیبم بود و قوطی رنگ
مسی را هم وقتی بدری خوابیده بود میان رنگ‌های آن خدابیامرز جدا
کرده بودم و همان‌جا توی اتاق کارش گذاشته بودم دم دست. فقط باید
صبر می‌کردم بدری بخوابد تا بتوانم طرح تابلو غروب را روی پهلو و
شکمش پیاده کنم. بعد کافی بود بی‌سروصدا بزنم بیرون تا وقتی بدری
صبح بیدار می‌شود شکی برایش نماند که شوهر خدابیامرزش چیزی
توی این تابلو گذاشته که او را به‌طرف خودش می‌کشد.

موبایلم دو سه بار زنگ خورد. بی‌جواب گذاشتم. حوصله‌ی طبل مهربان را که اصلاً نداشتم. ابی هم که گفت «بچه‌ها میان اینجا.» گفتم: «یه جا گیرم.» نمی‌خواستم تا بوق سگ با بچه‌ها بنشینیم به عرق. امشب نه. حالا که کار به اینجا کشیده بود باید خودم را آماده می‌کردم تمامش کنم. تا همین‌جا هم برای ساختن این دروغ خیلی وقت گذاشته بودم، هچل خورده بودم، بی‌راهه رفته بودم، و حالا که همه‌چیز جور شده بود تا ذهن بدری را درگیر این دروغ کنم، باید همه چیزم را سر همین ورق آخر می‌گذاشتم.

موبایل را سایلنت کردم و توی جیب کاپشن انداختم. می‌دانستم بدری زنگ نمی‌زند. مغرورتر از آن بود که حتی با همه‌ی ترسی که امشب داشت زنگ بزند. حتماً قرص خوابش را زودتر می‌خورْد و یازده نشده می‌رفت زیر پتو. باید تا نصف شب دوروبرهای پل گشت می‌زدم. ساعت دوازده که پیاده راه می‌افتادم، نیم ساعت بعد دم آپارتمانش بودم. تنها که باشد چراغ بالکن را روشن می‌گذارد و شده بود گاهی توی همان نور روی مبل بیفتد به فیلم دیدن. برای اطمینان باید نیم ساعت دیگر هم توی پارکِ جلوی خانه می‌نشستم تا خیالم راحت شود سایه‌ای توی هال تکان نمی‌خورد. بعد کافی بود از پله‌ها بالا بروم، کلید را توی قفل بچرخانم و در را بی‌صدا باز کنم. بیدار باشد یا بشود همیشه قنطوره‌ای هست که ببندم؛ «کارم زودتر تموم شد اومدم.» و طوری نگاهش کنم که بفهمد نگرانش بوده‌ام و کارم را زودتر جمع کرده‌ام. اگر هم که خواب باشد قصه را تمام می‌کنم. رنگ و اتر را که آماده داشتم. لازم هم نیست تابلو را از دیوار برداشت. از همان پای تخت هم خوب است. اصلاً می‌شود از حفظ کشید. دیگر همه‌ی خط و خطوطش را ازبَر بودم. فقط باید چند قطره اتر توی دستمال ریخت و روی بینی‌اش گذاشت تا وقت داشته باشم طرح را روی شکم و پهلو پیاده کنم.

دوازده و نیم که بگذرد دیگر باید خواب باشد و توپ هم در کنی بیدار نشود. شده نصف شب‌ها سی‌دی فیلم را بگذارم توی دستگاه و بدون اینکه یادم باشد صدای تلویزیون را کم کنم دکمه‌ی پخش را زده باشم و فیلم با صدای بلند شروع شود. تا برداشتن کنترل و قطع کردن صدا چند ثانیه‌ای می‌گذرد ولی بدری جم نمی‌خورَد. بدون قرص خواب هم همیشه خوش خواب بود. وقتی می‌خوابید خوابیده بود، دست به سینه با زانوهایی که کمی توی شکم جمع می‌شدند، نه آن‌قدر که نشود افتادگی شکم را روی تشک دید. ولی دم صبح‌ها همیشه روی شکم می‌غلتد. دمرو یک دست را زیر بالش هل می‌دهد و پای همان طرف را مثلث می‌کند به آن یکی که صاف روی تشک دراز شده. دمر که می‌خوابد هوس می‌کنم از پاشنه‌ی پا دست بکشم روی همه‌ی برجستگی‌ها و فرورفتگی‌ها، بروم تا پشت گردنی که با چند چین عمیق می‌رسد به استخوان فک. نمی‌کشم. بیشتر دلم می‌خواهد نگاه کنم و بگذارم با همان قِه‌های کوتاه و آه‌های کشیده‌اش دوباره به خواب بروم. یعنی می‌شود شوهر خدابیامرزش هم تابلو را به‌خاطر همین کشیده باشد؟ بدری حتماً بدن چقر و یک‌دست‌تری داشته. پیش آمده که طرف خوابش نبرده، توی تخت نشسته، پتو را کنار زده و زیر نور سرخ چراغ خواب همین پستی و بلندی‌ها را دیده. بعد بلند شده رفته توی بالکن سیگار بکشد. رو به پارک نشسته و فکر کرده کافی‌ست به جای آن سرخی یک‌دست اتاق‌خواب، قرمزی غروب را روی زمین مسی بکشد. شاید همان‌شب تابلو را شروع کرده. بدری که یادش نیست شوهرش نقاشی را کِی و کجا کشیده. گرچه شاید هم یادش باشد و به من نگفته. حالا دیگر مثل اوایل آشنایی‌مان نمی‌توانم باور کنم همه‌چیز را صاف و پوست‌کنده به من می‌گوید. می‌دانم چیزهایی را نگفته می‌گذارد یا پس‌وپیش می‌کند. بعید نیست حتی نصف شب که شوهر خدابیامرزش داشته طرح تناش را می‌زده بیدار شده باشد. حتماً بیدار شده. پتو کنار

رفته بوده و خانه هرچقدر هم گرم باشد باز دست دنبال چیزی می‌گردد بکشد روی شانه. چیزی هم دم دست نباشد ناخودآگاه پاها توی شکم جمع می‌شوند تا گرما از بدن نرود. بدری بیدار شده ولی به‌جای اینکه صاف و ساده بگوید «آه بهرام داری طراحی می‌کنی؟» خودش را به خواب زده. فکر کرده چند دقیقه سرما که آدم را نمی‌کُشد. صبر کرده تا نقاش کارش را بکند و پتو را آرام تا روی شانه‌هایش بالا بیاورد و برود.
این شق قضیه می‌توانست خنده‌ی بی‌هوای توی بستنی‌خوری را هم توجیه کند. وقتی گفتم طرح مال محمود بوده، توی دلش به کس‌خلی من خندیده ولی نمی‌خواسته بگوید چطور نصف شب بهرام روی پاتختی نشسته بوده و طراحی می‌کرده. شاید به خاطر همین فقط خندید و درس دادن جمشید را مسخره کرد. ولی اگر این بود، تابلو برایش شأن داشت. باید خودش را طوری که از نگاه آن خدابیامرز دیده شده بود روی بوم ببیند نه اینکه اصلاً به تخمش هم نباشد که این نور مسی پهن‌شده روی کویر می‌تواند هزاران سال پوست هر جنبنده‌ای را سوزانده باشد و باز همچنان باابهت بتابد. نه، بدری روحش هم خبر نداشت دمرو خوابیدنش زیر نور قرمز چراغ چه تصویری را در ذهن نقاش ساخته وگرنه این‌قدر بی‌خیال از کنار نقاشی رد نمی‌شد. آن هم این زن که حالا دیگر می‌دانستم اگر همه چیز را نه، لااقل ربط ظریف خیلی چیزها را تشخیص می‌داد حتی در ذهن پریشان کسی مثل سخایی.
کلید را توی قفل چرخاندم دستگیره را هل دادم و در آرام باز شد. نور سرخ اتاق‌خواب روی مبل هال افتاده بود. دستم را روی جیب بغلی کاپشن گذاشتم. اتر و دستمال همان‌جا بود. باید قوطی رنگ و قلم‌مو را از اتاق کار می‌آوردم پای تخت تا همه‌چیز آماده شود. لازم نبود چراغ را روشن کنم. توی همین نور هم می‌شد همه‌جا را دید. قرار بود فقط طرحی شبیه تابلو روی شکم و پهلو بیفتد. هرچه ناهموارتر بهتر. مگر آدم چقدر دقیق می‌تواند با یک دست روی شکم خودش نقاشی بکشد.

دیگر چیزی نمانده بود تا ذهن بدری چنان در نقاشی گیر بیفتد که زندگی معمول هرروزه برایش بی‌معنی شود و دنبال پاسخ‌های نامعمول رابطه‌اش با زمین مسی بگردد. دروغی که طراحی‌اش ماه‌ها طول کشیده بود داشت قطعی می‌شد و این همان هیجانی بود که میان یکنواختی زندگی هر روزه دنبالش می‌گشتم. حالا همه‌چیز را سنجیده بودم و می‌شد کارت آخر را زمین بزنم. ولی باید حواسم را جمع می‌کردم و قبل از اینکه اتر را جلوی بینی بدری بگیرم مطمئن می‌شدم حالش خوب است. باید از نظم نفس‌هایش خیالم راحت می‌شد. چند قطره اتر ده بیست دقیقه بیهوش‌اش می‌کرد و اگر فرز کار می‌کردم کشیدن طرح روی تن‌اش ربع ساعت هم طول نمی‌کشید، بعد دیگر تمام بود و می‌شد رفت تا فردا صبح. می‌دانستم بعد که به‌هوش بیاید تهوع دارد، شاید هم سرگیجه بگیرد ولی روبه‌راه می‌شد، حتی قبل از اینکه صبح برگردم خوب شده. تازه وقتی برود توی اتاق به عوض کردن لباس خواب، قلم‌موی توی لیوان آبِ بالای سرش را می‌بیند؛ تا برگردد طرف تخت، قوطی رنگ روی عسلی و لکه‌های مسی روی ملافه را هم دیده. ساعت ده نشده باید خودم را برسانم به خانه که تنها نباشد. نقاشی روی شکم و پهلو را که ببیند حتما می‌ترسد. من که برسم لازم نیست چیزی بگویم فقط باید بغلش کنم. بقیه‌ی راه را خودش باید پیدا کند، بدون قرص خواب. یعنی امیدوار بودم بالاخره شروع کند به کاوش کردن رابطه‌ی بدنش با زمین تفتیده‌ی کویری.

اما قبل از هر چیز باید نقشه‌ام را بی‌نقص پیش می‌بردم تا شک و شبهه‌ای برایش نمی‌ماند. از وقتی توی خانه پا گذاشتم هوای همه‌چیز را داشتم تا هیجانی که ماه‌ها در انتظارش بودم نقشه را خراب نکند. توی چارچوب در اتاق خواب ایستادم تا شتاب وارد شدنم هوای اتاق را برهم نزند. بدری توی پیراهن مردانه‌اش پشت به در، روی پهلوی چپ خوابیده بود و یک پایش را روی پتو انداخته بود. پوست زانو و ران زیر نور سرخ چراغ‌خواب

صاف و یک‌دست می‌زد. دست چپش روی تشک دراز بود و دست راست زیر بالش خم. موهایش پخش پشتی بود و با دهان نیمه‌باز نفس می‌کشید. تخت را دور زدم تا صورتش را از روبه‌رو ببینم و نفس‌هایش را بشمرم. قبل‌از اینکه رنگ و قلم‌مو را از اتاق کار بیاورم باید مطمئن می‌شدم وقت بیهوش کردنش رسیده. اگر حالا بیدار می‌شد و من را با قوطی رنگ و قلم‌مو به‌دست بالای سرش می‌دید، نقشه‌ام لو می‌رفت و دوباره بز می‌آوردم.

بوی الکل نمی‌آمد ولی نمی‌خواستم بی‌گدار به آب بزنم. باید قبل از اینکه اتر را روی بینی‌اش بگذارم مطمئن می‌شدم مست نیست. نشستم پای تخت و روی تشک خم شدم تا هوای نفسش به صورتم بخورد. قطره‌های عرقِ پشت لب خط براقی زیر تیرگی بینی انداخته بود. بازدمش با قِهقه‌ای از بین لب‌های نیمه‌باز به‌صورتم خورد. نه، بوی الکل نمی‌داد. خنکی تند خمیردندان هم نبود. بوی نفسش گرم و تند بود و برای اولین‌بار خویی را در بدری نشانم می‌داد که تا آن لحظه نشناخته بودم. بارها همین‌طور بی‌آرایش و عطرهای اضافی، توی همین پیراهن مردانه با سه دکمه‌ی بالاییِ باز کنارم خوابیده بود و چیزی دستگیرم نشده بود؛ ولی حالا که بوی بازدم را از پای تخت حس می‌کردم می‌توانستم تشخیص بدهم. بدری چیزی وحشی را درخودش حفظ کرده بود که نمی‌دانستم چطور در وجود این زن پنجاه‌ساله‌ی «متشخص» می‌توانست شکل بگیرد ولی وجود داشت و شاید صبح زیر دوش هم همین طبیعت وحشی و دست‌نخورده‌اش من را برانگیخته بود و آن میل به یکی شدنِ با او از سر عشق یا ناشناخته‌گی نبود، کشش من بود به این خوی وحشی. چیزی که حالا می‌دیدم چقدر بین من و او عمیق و مشترک بود. این سادگی وحشی را توی کوه یا وقتی می‌نشستیم به عرق‌خوری‌های دوتایی هم دیده بودم، توی خنده‌های چکشی بی‌پروا و بی‌خیالی‌اش.

ولی چطور خودم را درگیر حرف‌های معمول کرده بودم و به سادگی از کنار این خصلت دست‌نخورده‌ی او گذشته بودم.
عقب کشیدم. همان‌جا دوزانو پای تخت نشستم. مژه‌های بدری درهم رفته بود. حتم داشتم این چشم‌ها تا خود صبح هم باز نمی‌شوند. به همه‌ی سوراخ سمبه‌های نقشه‌ام فکر کرده بودم تا کار را تمام کنم و حالا نمی‌دانستم چطور. او، به‌هردلیلی و احتمالاً نه فقط برای ترس خواب‌گردی، کلید خانه‌اش را به من داده بود و من فقط به دروغی فکر کرده بودم که بتواند او را تغییر دهد و زندگی‌اش را از چارچوبی که دوره‌اش کرده بود بیرون بیاورد. ولی حالا نمی‌دانستم با این زن وحشی که اعتماد کرده بود و من را همان‌طور که بودم می‌پذیرفت چه کنم. درک این شباهت و تفاوت که به یک آن بین خودم و او کشف کرده بودم عصبی و گیجم می‌کرد. در همان چند لحظه‌ی نشستن پای تخت، آدم جدیدی دیده بودم که همه‌ی چیزهایی را که از او می‌شناختم تغییر می‌داد، رابطه را جور دیگری می‌چید و با تحلیل‌های ذهنم جور درنمی‌آمد. چطور می‌شد بدون اینکه اصلاً بدانم با چه کسی طرفم از او آدم دیگری بسازم. ماه‌ها وقت گذاشته بودم و حالا نه اینکه برگشته باشم سر پله‌ی اول، اصلاً کل صحنه بازی عوض شده بود تا نگذارد نقشه را پیاده کنم. حتماً چیزهای دیگری هم بود که از قلم افتاده باشد. تا از این گیجی بیرون نمی‌آمدم و همه چیز را حلاجی نمی‌کردم نمی‌شد دستمال اتر را روی لب‌ها و بینی‌اش بگذارم. لااقل حالا که این بوی زنده و وحشی به‌صورتم می‌خورد نمی‌شد.
بلند شدم و از اتاق بیرون آمدم. به خاموش کردن چراغ بالکن هم فکر کردم و حتی به نیم لیتری عرق توی یخچال ولی حالا وقتش نبود. آن‌قدر گیج بودم که وقت هیچ کاری نباشد. فقط باید از آپارتمان بیرون می‌زدم که زدم. توی راه‌پله به موبایل نگاه کردم. ساعت از یک گذشته بود. نیم ساعت که پیاده می‌رفتم می‌رسیدم به پل و می‌شد انداخت توی پارک به گشت‌زدن. هوا هنوز آنقدر سرد نبود که نشود تا صبح دنبال رودخانه رفت و دم صبح روی نیمکت‌های چهارباغ خوابید.

درباره نویسنده

بهروز بدخشان، بهار ۱۳۴۳ آمد و پیش‌از آن‌که دست‌نوشته‌هایش را به چاپ بسپارد، در بهار ۱۴۰۰ رفت. برخلاف پیچیدگی‌های ذهن خلاق او، داستان دست‌نوشته‌هایش بسیار ساده و آشناست: بخش‌های زیادی از آن‌ها گم شد و آن‌چه باقی ماند یک‌جا جمع شد تا به همت دوستانش چاپ شود. یک‌سال پس‌از رفتن بهروز، در سال ۱۴۰۱ سه فصل از رمان نیمه‌تمام «صحراروغن» به همراه نمایشنامه کامل «بیستون» چاپ شد و اکنون که رمان «بدری» او به‌دست چاپ سپرده شده است، فقط فیلمنامه‌ی کامل «جایی برای خواب» و مجموعه‌ای از طرح‌های نمایشنامه و فیلمنامه‌ی او مانده که به‌زودی آماده خواهد شد.
حالا که بخشی از کارهایش آماده چاپ است تا بهروز بدخشان به‌تصویر کشیده شود می‌بینم بهروز فقط همین‌ها نیست. بهروز نقدهای دقیق، تند و بی‌رودرواسی‌اش هم بود، همه‌ی داستان‌هایی که از حفظ می‌خواند، همه‌ی جمله‌هایی که در نشست‌های دورهمی داستانی می‌نوشت که با هم بپرورانیم تا گاهی به داستان‌های خوبی برسد و برسیم. بهروز همان‌اندازه که طنزهای گزنده و نیشدارش بود، مرام جوان‌مردانه و آسمان‌جلی‌اش هم بود. تضادهایش منحصربه‌فرد بود و همین تضادها شخصیتی نزدیک و درعین حال دورازدسترس از او ساخته بود. شلوغی و خنده‌های از ته دلْ درکنار لحظه‌های سکوت و نوشتن در ذهن، عشق به درجمع بودنْ و تنهاییِ بی‌حدومرزی که آن را با هیچ‌کس شریک نمی‌شد، نگرانی‌ها و وسواس‌های فکری‌اش و چیزهای دیگر. بهروز همه‌ی این تضادها بود. وجودی پر از شورِ زندگی با میل عمیقی به مرگ. چیزی که بیدادِ زندگی‌اش شد. مرگی که می‌توانست آزادش کند تا بپرد.

انتشارات آسمانا (تورنتو) منتشر کرده است:

پژوهش‌های علمی و دانشگاهی

- *Music on the Borderland: Remembering and Chronicling the 1979 Revolution's Shadow on Iranian Music*, by K. Emami, 2024.
- *Whispers of Oasis: Likoo's Poetic Mirage*, by M. Ganjavi, A. Fatemi and M. Alimouradi, 2024.

- نمایش در سفر، دومان ریاضی، ۲۰۲۵.
- زبان، انسان و جامعه: ادبیات و زبان‌های اقلیت در ایران؛ ویرایش امیر کلان؛ مهدی گنجوی، آنیسا جعفری و لاله جوانشیر، ۲۰۲۴.
- تنگلوشای هزار خیال؛ جستارهایی در ادب و فرهنگ، رضا فرخفال، ۲۰۲۴.
- دلالت‌های تحلیل طبقاتی در سرمایه‌داری امپریالیستی، محمد حاجی‌نیا و شهرزاد مجاب، ۲۰۲۴.
- شبِ سیاه و مرغان خاکسترنشین؛ شعر نیما در دههٔ دوم: ۱۳۲۱–۱۳۱۱، ۲۰۲۴.
- حافظ و بازگویی، تالیف رضا فرخفال، ۲۰۲۴.
- زنان کُرد در بطن تضاد تاریخی فمینیسم و ناسیونالیسم، تالیف شهرزاد مجاب، ۲۰۲۳.
- شورش دهقانان مکریان ۱۳۳۲–۱۳۳۱: اسناد کنسولگری، مکاتبات دیپلماتیک و گزارش روزنامه‌ها، پژوهش امیر حسن‌پور، ۲۰۲۲.

تصحیح انتقادی

- فنِ گفتن و نوشتن، تالیف میرزا آقاخان کرمانی (به کوشش م. رضایی تازیک)، ۲۰۲۵.

- *ریحان بوستان‌افروز*، تالیف میرزا آقاخان کرمانی (به کوشش م. رضایی تازیک)، ۲۰۲۵.
- *تکوین و تشریع*، تالیف میرزا آقاخان کرمانی (به کوشش م. رضایی تازیک)، ۲۰۲۵.
- *تاریخ شانژمان‌های ایران*، تالیف میرزا آقاخان کرمانی (به کوشش م. رضایی تازیک)، ۲۰۲٤.
- *رستم در قرن بیست‌ودوم* (تصحیح انتقادی و مصور)، تالیف عبدالحسین صنعتی‌زاده (ویرایش م. گنجوی و م. منصوری)، ۲۰۱۷.

زندگی‌نامه

- *رنگ و راز*، ایرن مونیک صالحی، ۲۰۲۵.

شعر

- *Prism of Wounded Light*, poems by Amin Haddadi, translated by Dariush Shahinrad, 2025.
- *Shape of Extinction,* poems by Bijan Jalali, translated by Adeeba Shahid Talukder and Aria Fani, 2025.
- *زیر گنبد دوار*، شعر از عباس امانت، ۲۰۲۵.
- *شهرآشوب*، شعر از امیر حکیمی، ۲۰۲۵.
- *خمار صدشبه*، شعر از منصور نوربخش، ۲۰۲۵.
- *دفتر الحان*، شعر از امیر حکیمی، ۲۰۲٤.
- *با سایه‌هایم مرا آفریده‌ام*، شعر از هادی ابراهیمی رودبارکی، ۲۰۲٤.
- *شهروندان شهریور*، غزل از سعید رضادوست، ۲۰۲٤.
- *آینه را بشکن*، شعر از نانائو ساکاکی، ترجمه مهدی گنجوی، ۲۰۲٤.
- *عجایب یاد*، شعر از امیر حکیمی، ۲۰۲۳.

نمایش‌نامه

- *بغلم کن، لعنتی، بغلم کن*، نمایش‌نامه از علی فومنی، ۲۰۲۵.
- *درنای سیبری*، نمایش‌نامه از علی فومنی، ۲۰۲٤.
- *یوسف، یوزف، جوزپه*، نمایش‌نامه از علی فومنی، ۲۰۲۵.

برای ارتباط با نشر آسمانا:

Asemanabooks.ca

Badri

A novel by

Behrooz Badakhshan

Asemana Books
2025

I0636841